明
室
Lucida

照亮阅读的人

Sommarboken
夏日书

Tove Jansson

[芬兰] 托芙 · 扬松 著
沈贇璐 译

北京联合出版公司
Beijing United Publishing Co.,Ltd.

序

首次阅读《夏日书》时，我只有十二岁，那是在 1973 年学期结束之际。我荣幸地收到了这本书，作为对我在瑞典语学习上出色表现的奖励。因此，我怀着一种特殊的庄重心情来阅读它，以至于特地拖了一段时间才开始读。因为我深信，我必须“以一种成熟的方式”去阅读，用思考的眼光，尤其是一种感受到这个永恒夏日故事中每个细节都蕴含着特殊含义的心态去阅读。我身边的一个成年人告诉我：“这其实是一个悲伤的故事……”还有人说：“这实际上是关于衰老、失去和面对人终究要离世的书……”还有其他各种说法：“这实际上是关于托芙·扬松自己的家庭，她的侄女和她妈妈的。”……事实上，确实如此。那时，这就是我觉得我应该理解的。

于是，阅读这本书变得纷繁复杂。因此，最终我对思考和联想感到厌倦，一口气读完了它。这本书对我产生了深远的影响：那个夏天，我会在深夜走出家门——我喜欢“在夏天出门”这个表述，就像置身于独立的时间和独立的世界之中。当时的我，既是奶奶，也是索菲娅，但大部分时间是奶奶，或者谁都不是。然而，我以一种居于中间地带的视角观察着周围的一切。我看到了什么？我看到了这个世界：我的夏日世界，以及整个世界。我目睹了一切的可能性和各种各样的事物。奶奶在书中对她年轻时的朋友韦尔纳说：“平常的事物也可以很吸引人。”那次，韦尔纳突然造访，希望认真地谈论些**真实的**事情。

“生根。”韦尔纳重复道，他沉默了一会儿，继续说，“能和孙女生活在一起，您一定很欣慰。”

“别说这些，”奶奶说，“别再说这些冠冕堂皇的老话，过时了。我说的是生根，你却马上提孙辈的事。为什么说话绕那么多弯子，你怕什么吗？”

“你怕什么吗？”就好像这是一种存在方式，这种看待世界的方式，为我打开了一个全新的世界——或者，简单地说，世界本身。它教会我走出去，去看、去感受，怀着好奇和兴趣。人生中会面临许多事情，有时它们本身就是困难的，因为我们必须处理、解决这些事情，必须去做一些事情——这句“你怕什么吗？”可能比所有美丽的比喻、所有试图用感性的语言做出的轻描淡写的描述更为困难。

因此，在这里我并没有太多可说的了。

唯一想说的是：一切尽在书中。在《夏日书》中，有小岛，有大海，有奶奶和孙女索菲娅。背景中有正在工作的父亲，有已经去世的母亲。这是夏天,一个夏天,所有夏天。每一个细节都承载着它们。暴风雨、宁静、岩石、芦苇、海湾和峡谷——是森林，是花坛，是昆虫。还有关于断开的蚯蚓的论文，以及女孩贝伦妮丝和她美丽的长发——

你在商人的地盘登陆，他在这座远处的岛上建了一座宏伟的避暑别墅，它挡住了你眼中的地平线。在他的码头上悬挂着一块牌子，上面写着：“私人领地，禁止擅入。”因此，只有在商人不在的时候，你才能在那里上岸。

这个夏天，正逐渐走向黑暗和秋天的边缘，却将你抛向遥远的未知之地。

莫妮卡·法格霍尔姆

2017 年

无论你多么想紧紧抓住它，有时，你反而

失去了平静和尊严。

目录

晨泳

炎热的七月早晨，一场夜雨过后，空气变得闷热。光秃秃的岩石上散发着蒸腾的热气，而苔藓和裂缝都被水汽浸透，使所有的颜色都变深了。阳台下的植被宛如一片雨林，叶子和花朵在晨曦的阴影中茂密地生长着，她必须小心翼翼地寻找，怕弄伤它们。她用手捂着嘴，时刻害怕失去平衡。

“你在干什么？”小索菲娅问。

“没什么，”奶奶回答说。“那个，”她生气地补充道，“我在找我的假牙。”

孩子从阳台上走下来，认真地问：“你把假牙掉哪儿了？”

“就在这里，”她说，“我就站在那儿，假牙掉在牡丹花中间的某个地方了。”

于是她们开始一起找。

“让我来，”索菲娅说，“你的脚站不稳。让一下。”

她钻到花园的花盖下，从绿茎之间爬过——这里既美妙又充满禁忌。柔软的黑色土地上，假牙就躺在那里，白白粉粉的，一整口旧假牙。“我找到它了！”孩子喊道，然后站了起来，“把它戴上去。”

“但你不能看，”奶奶说，“这是隐私。”

索菲娅把牙齿藏在背后。“我就想看。”她说。奶奶“啪”的一声迅速把她的牙齿给安了回去。过程相当顺利，确实不值得一提。

“你什么时候会死？”孩子问。

她回答：“很快。但和你没有一点关系。”

“为什么？”她的孙女继续问。

她没有回答，而是走到山上，朝峡谷走去。

“那儿是禁止闯入的！”索菲娅喊。

老太太不屑地回答：“我知道。你和我都不被允许进峡谷，但我们还是要去，因为你爸爸睡着了，根本不知道。”

她们越过山，苔藓很滑，太阳已经升得很高，现在一切都散发着热气，整个小岛笼罩着明亮的薄雾，美不胜收。

“他们会挖个坑吗？”孩子友好地问。

“是的，”她回答，“一个大坑。”她还狡猾地补充道，“大得能容纳我们所有人。”

“这是为什么？”孩子问。

她们继续向岬角走去。

“我从来没走过这么远，”索菲娅说，“你来过这儿吗？”

“没有。”奶奶回答。

她们一直走到岬角，那里的山体沉入水中，变得越来越暗，直到成为一片漆黑。向黑暗每走一步，边缘都有淡绿色的海藻，随着水流来回摆动。

“我想游泳。”孩子说。她等待奶奶反对，但奶奶没反对。然后，她急着要脱掉衣服，动作却慢腾腾的——你不能相信一个对什么都听之任之的人。她把腿伸进水里，说：“好冷啊。”

“当然冷，”老妇人心不在焉地回答，“你以为呢？”

孩子让水漫到腰部，兴奋地等待着。奶奶说：“游吧。你会游泳。”

“水很深，”索菲娅想，“她忘了，我从没在深水里游过泳，除非有人陪我。”于是她又站了起来，坐在石头上，解释说：“看来今天天气不错。”

太阳升得更高了。整个小岛闪闪发光，海面也闪闪发光，空气非常清新。

“我会潜水，”索菲娅说，“你知道潜水是什么感觉吗？”

奶奶回答：“我当然知道。放开一切，做好准备，然后直接潜入水中。你会感受到海藻贴着你的腿，它们是棕色的，而水是清的，越靠近水面颜色越浅，还有气泡漂浮着。滑行，屏住呼吸，持续滑行，转身，向上游，让自己浮上去，呼气。然后你就能漂浮起来，只是轻轻地浮着。”

“全程睁着眼睛。”索菲娅说。

“当然了。没有人潜水不睁眼的。”

“就算我不给你展示，你也觉得我能做到吗？”孩子问。

“是的，是的”，奶奶回答，“快穿上衣服，我们在他醒来之前回家。”

第一股疲惫感开始袭来。“等我们到家了，”她想着，“等我们进屋了，我想我会睡一会儿。我一定要记得告诉他，这个孩子仍然害怕深水。”

月光

四月的一天，一轮满月照亮了冰封的海面。索菲娅从梦中醒来，意识到她们已经回到了岛上，因为妈妈已经离开人世，所以她有了自己的床。炉子里依然在燃烧，火焰的影子在天花板上舞蹈，她的靴子挂在那儿晾干。她踩到冰冷的地板上，凝望着窗外。

冰面是黑色的。在冰的中央，她看到打开的炉门和燃烧着的火焰。两扇炉门紧挨着。透过第二扇窗户，火焰在地面闪耀。透过第三扇窗户，她看到整个房间的双重倒影，箱子、柜子和盖子开裂的盒子里面满是苔藓、雪和干草，所有东西都敞开着，底部是煤黑色的阴影。她看到山坡上有两个孩子，中间是一棵高大的花楸树。孩子们身后的天空是深蓝色的。

她躺回床上，凝视着火焰的影子在天花板上舞动。与此同时，小岛离小屋越来越近。它渐渐靠近、靠近。她们睡在靠近海岸的草地旁，被子上覆盖着块块积雪，身下的冰逐渐变暗，并开始滑动。慢慢地，地上形成了一条通道，所有的行李箱都漂浮在月光倒映的水面上。每个行李箱都敞开着，里面装满了黑暗和苔藓，再也无法回去了。

索菲娅伸出手，拉了拉奶奶的辫子，动作非常小心。奶奶立刻醒了过来。“那个，”索菲娅低声说，“我看到窗子里有两个壁炉。为什么是两个，而不是一个？”

奶奶想了想，回答说：“因为我们家的窗户是双层玻璃。”

过了一会儿，索菲娅问：“你确定门是关着的吗？”

“门是开着的，”奶奶回答说，“门一直都是开着的，你可以安心睡觉。”

索菲娅将自己裹进羽绒被中。她让整个小岛漂浮在冰封的海面上，漂向地平线。就在她沉入梦乡之前，爸爸起来往炉火中添加了几根木柴。

幽灵森林

在小岛外侧，山的后面，有一片枯死的森林。这里风势强劲，数百年来，这片森林一直在努力迎着风暴生长，逐渐形成了独特的景观。如果你划船经过，可以明显看到每棵树都在逃避风的侵袭，它们驼着背、扭曲着，许多树干甚至匍匐着。渐渐地，树干折断或腐烂下沉，但枯死的树干仍然支撑或挤压着顶端依旧翠绿的树冠，形成了一个盲目顺从的群体。除了云杉树匍匐生长而不是直立之处，地面上覆盖着褐色的针叶，这些云杉树以一种迷人而生机勃勃的方式生长，潮湿而明亮，就像在丛林里一样。这片森林被称为“幽灵森林”，它在缓慢的努力中塑造自己。生存与消亡之间的平衡如此微妙，以至于任何微小的变化都无法想象——开辟一块空地或分开那些倒下的树干，都可能导致幽灵森林的毁灭。不能排干沼泽里的水，也不能在密林形成的

保护屏障后种植任何植物。在灌木丛下，在永远一片黑暗的洞穴里，栖息着鸟类和其他小动物。在风平浪静的日子里，你可以听到翅膀的轻拍声和快速奔跑的脚步声。然而，这些生物从不露面。

刚来到小岛的时候，一家人试图让幽灵森林变得比实际更加诡异。他们在周围的小岛上收集了树桩和干枯的刺柏灌木，然后划船将它们运过来。这些经过风化、泛白了的美丽植物被拖到岛上，支离破碎、四分五裂，地上开辟出了空阔的道路，通向它们站立的位置。奶奶觉得不对劲，但她什么也没说。之后，她将船清理干净，等待着他们对幽灵森林的兴趣消磨殆尽。然后，她独自一人走进幽灵森林。她慢慢地爬过沼泽和蕨类植物，感到疲倦时就躺在地上，透过纵横交错的地衣和树枝仰望天空。他们问她去了哪里，她回答说可能只是睡了一会儿。

在幽灵森林的内部，小岛变成了一个井然有序、美丽绝伦的公园。当大地被春雨浸润时，岛上最小的树枝都会被清理干净，之后只留下一条狭窄的小路从一个岬角延伸至另一个岬角，一直通往沙滩。只有农夫和度假的游客才会走在苔藓上。然而，他们并不知道——这一点再怎么强调也不为过——苔藓是如此脆弱。第一次踩踏，它们能在雨水中恢复，第二次踩踏，苔藓就恢复不了了。第三次踩踏时，苔藓就彻底死了。绒鸭也是如此，如果被惊扰出巢三次，它们就再也不会回来了。在七月的某个时刻，苔藓上会生长出一种轻盈的长茎草。草穗在离地面恰好相同的高度绽放，随风摇曳，仿佛内陆的草地一样。然后，整个岛屿就会被一层浸润了热意的薄雾所覆盖，雾气几乎看不见，一周后就会消失。没有什么比这更能给人留下原始和荒凉的印象了。

然而，奶奶会坐在幽灵森林里，雕刻出奇怪的动物。她用树枝和木片雕刻它们，给它们安上爪子和面孔，但它们的样子只是模糊的暗示，从未完全显露出来。它们保留着木头的灵魂，背部和腿部的弯曲有着属于生长本身的无法被理解的形态，仍然是腐朽森林的一部分。有时，奶奶会直接在树桩或树干上雕刻出这些动物。她的木制动物越来越多。它们或是紧紧挂在树上，或是插在树上，或是依靠在树干上，或是陷在地里。有的伸展着双臂沉入沼泽中，有的安静地蜷缩在树根上睡觉。有时它们只是树荫下的轮廓，有时两三只聚集在一起，相互打闹，或是相互亲昵。奶奶只在已经具备形状的旧木头上进行雕刻，也就是说，她通过观察选择那些能够表达她意图的木材。

有一次，奶奶在沙地里发现了一块巨大的白色脊椎骨。这块脊椎骨太硬，无法雕刻，但它本来就无法被雕得更漂亮，于是她就把它原封不动地放在了幽灵森林里。

她还发现了好几根骨头，有的是白色的，有的是灰色的，都是被海水冲上岸的。

“你在做什么？”索菲娅问。

“我在玩。”奶奶回答。

索菲娅爬进幽灵森林，看到了奶奶的作品。“这是一个雕塑展吗？”她问。但奶奶说这和雕塑无关，雕塑是完全不同的东西。

她们开始一起在海滩上收集骨头。

寻找和收集是某种特别的事情，因为除了你要寻找的东西，当下你看不到其他任何事物。采摘越橘时，你只能看到红色的东西；寻找骨头时，你只能看到白色的东西。如果你在寻找骨头，那么无论你走到哪里，你看到的只有骨头。有时，它们如针尖般细小，精致而脆弱，需要轻拿轻放。有时，它们是巨大粗壮的股骨或一束肋骨，像沉船的梁木一样埋在沙子中。它们有千百种形态，每一根骨头都有自己的结构。

索菲娅和奶奶将找到的所有东西都放在幽灵森林里，她们经常在黄昏时分前往那里。树下的地面布置着白色的阿拉伯式花纹，宛如一种表意文字。图案完成后，她们会坐在一起聊天，听着灌木丛中鸟儿的声音。有一次，一只松鸡突然飞了起来，还有一次，她们看到了一只很小的猫头鹰。它栖息在树枝上，晚霞映衬着它的剪影。以前从未有过猫头鹰到访这座小岛。

一天早晨，索菲娅发现了一块完好的大型动物头骨，这是她自己发现的。她的奶奶认为那是海豹的头骨。她们将它藏在篮子里，一直等到傍晚。

夕阳呈现出深浅不一的红色，光线洒满了小岛的每一个角落，甚至连地面都变成了红色。她们将头骨放入幽灵森林，它躺在那里，牙齿闪烁着光芒。

突然，索菲娅开始尖叫。“把它拿走！”她喊，“把它拿走！”奶奶立刻将她抱在怀里，但她觉得最好什么都不说。不久之后，索菲娅就睡着了。奶奶坐在一旁，想着在屋后蓝莓地边的沙滩上建一座火柴盒房子。她们可以建一个码头，用锡纸做窗户。

然后木制动物就可以消失在森林中了。随着时间的推移，阿拉伯式花纹沉入土壤，被苔藓染成绿色，树木随着时间的推移更紧密地交织在一起。奶奶经常在黄昏时分独自走进幽灵森林，但在正午时，她会坐在门廊的台阶上制作树皮船。

嘎嘎鸟

清晨的时候，天还未亮，客房里的寒气逐渐弥漫开来。奶奶拿了一块破旧的地毯盖在身上，又从墙上取下几件雨衣，但这些都无济于事。她认为这是沼泽的缘故。沼泽真是奇怪的东西。你可以用石头、沙子和旧木头填满它，甚至在上面堆起柴堆，但沼泽仍然是沼泽。初春时，它们散发着冰冷的气息，制造自己的雾气，以纪念它们拥有黑水和不受打扰地开放的苔草花的时光。奶奶看了看已经熄灭的煤油炉，再看了看钟，已经三点了。接着，她起身穿好衣服，拿起拐杖，慢慢走下石阶。这是一个死寂的夜晚，她想要聆听长尾鸭的声音。

不仅是堆木场，整个小岛都被薄雾所笼罩，五月初的海边显得异常宁静。水滴从树枝上滴落，在寂静中清晰可闻。一切尚未开始生长，北面还残留着一些雪花。这片景色让人充满了期待。她听到了长尾鸭的叫声，它们的叫声像是在嘎嘎嘎地骂人，所以被叫作嘎嘎鸟。它们总是喋喋不休，声音越传越远、越传越远。很少有人见过它们。它们和秧鸡一样善于隐藏，但秧鸡独自躲在草地上，而长尾鸭成群结队地掠过最远的岛屿，整个春夜都在鸣唱。

奶奶沿着山坡走上去，思考着长尾鸭这种鸟。在她看来，没有其他动物能像它们一样，以如此戏剧性的方式突显或完整地展现一系列事件——记录一年四季的变化、天气的变化以及人们内心的变化。她想起候鸟，想起夏日傍晚的歌鸫、布谷鸟——是的，就是布谷鸟，甚至是冰冷的大型海鸟——它们出海翱翔、四处侦察，还有在夏末成群结队匆匆来访的小鸟——那些圆滚滚、呆头呆脑但勇敢无畏的小家伙。她也想起了燕子，它们只喜欢光临幸福的家庭。奇怪的是，这些不通人性的鸟儿却成了如此强大的象征。也许并非如此。对奶奶来说，长尾鸭象征着期待和新生。她艰难地迈着僵硬的双腿穿越山岭，当她走到度假屋前时，轻轻敲了敲窗户。索菲娅立刻醒来，走了出来。

“我要去听听长尾鸭的叫声。”奶奶说。

索菲娅穿好衣服后，她们一起往前走。

在岛的东边，岩石周围有一小圈冰。还没有人来得及捡柴火，整个沙滩上散落着木料，弯曲的绳索上缠绕着木板、海藻和芦苇，还有一些木桶和绕着钢丝框架里外翻的脆弱木箱，横亘在上面的一根沉重巨木，沾满了漏出来的油，显得黑不溜秋。小块树皮和之前几次风暴制造的残骸在冰缘外的水面上摇晃漂动，被微弱的浪花慢慢地推向外面，然后又被拉回来。离日出的时间已经很近，海面上弥漫的薄雾透出微弱的光亮。长尾鸭在远处呼唤，声音遥远而悠扬。

“它们在繁殖。”索菲娅说。

太阳升起来了，薄雾闪耀了一会儿，然后就消失了。在水里一块平坦的石头上，躺着一只嘎嘎鸟，死去的样子看起来像一只被拧烂的塑料袋。索菲娅解释说那是一只老乌鸦，但奶奶不相信。

“可现在是春天啊！”索菲娅说，“它们现在不会死，它们是新生的，而且刚刚结婚，这是你说的！”

“嘘，”奶奶说，“不论如何，它现在确实死了。”

“它是怎么死的？”索菲娅大喊，满脸愤怒。

奶奶解释说，它死于不幸的爱情。它为它的对象一整夜又是唱歌，又是嘎嘎叫，对方却被另一只嘎嘎鸟带走了，然后它把头伸进水里，漂走了。

“这不是真的，”索菲娅尖叫着，并开始哭泣，“长尾鸭不会淹死的，快告诉我是怎么回事。”

奶奶说，它把头撞到了一块石头上。它一边唱一边骂，骂得太过火，根本没看到路，就在它最高兴的时候发生了这样的事。

“这么解释好多了”，索菲娅说，“我们要把它埋了吗？”

“没必要。”奶奶回答说，“涨潮的时候，它自己会埋了自己。海鸟应该像水手一样葬在海里。”

她们继续往前走，谈论着水手的葬礼，长尾鸭们唱着二重唱和三重唱，逐渐走远。冬季的风暴彻底改变了岬角外的面貌，以前这里只有石头，现在整个海滩变成了沙滩。

“应该把它救起来。”奶奶用木棍戳了戳沙子说，“如果水位上涨，北风一吹，一切又会被吹走。”她躺在一堆泛白的芦苇丛中伸了个懒腰，仰望天空，索菲娅躺在她旁边。

天气越来越暖和了，过了一会儿，她们听到了候鸟飞行时发出的奇怪的、仿佛被蒙住的声音，还看到了整群候鸟从岛屿上空向东北方向飞去。

“我们现在该做什么？”索菲娅问。

奶奶建议她绕着岬角走一圈，看看有什么东西漂到了岸上。

“你确定你不会觉得无聊吗？”索菲娅问。

“当然确定。”奶奶说。她侧身抬起胳膊，举过头顶。在衬衫袖子、帽子和白色芦苇之间，她看到一个三角形，一个非常小的三角形，里面是天空、大海和沙子。附近的沙地上有一根干稻草，稻草的锯齿状叶片间夹着一根海鸟的羽毛。她仔细观察着它的结构，中间是绷紧的白色羽干，周围是浅褐色的绒毛，比空气还轻，然后向尖端延伸，颜色变深，更有光泽，顶部形成了一条微小而有活力的曲线。羽毛在气流中飘动，轻到她感觉不到。奶奶注意到，稻草和羽毛的距离正好处在她能看到的范围。她想知道羽毛是在这个春天，或许就是这个夜间附着在稻草上的，还是整个冬天都在那里。她凝视着草根周围沙地上形成的锥形凹陷，以及缠绕在草茎上的一圈海藻——旁边还紧挨着一块树皮。如果观察久了，它会渐渐变大，变成一座古老的山，山顶上有火山口和挖掘痕迹，看起来像一个旋涡。这块树皮既美丽又引人注目。它停留在沙滩上，与它的影子只有一个接触点，在晨光照射下，沙粒显得粗糙、干净，几乎呈灰色，天空一片晴朗，大海也是如此。

索菲娅回来了，她是跑着回来的。

“我找到了一根桅杆，”她喊，“它很大，是船上的！跟小船一样长！”

“你不是开玩笑吧？”奶奶问。对她来说，慢慢起身很重要，这样她才有时间留意沙子里的稻草，就在羽毛离开附着的稻草，被轻柔的晨风带走的时候。羽毛离开了她的视线，等她站起来时，眼前的景色已经变小了。她说：“我看到了一根羽毛，是一只嘎嘎鸟的羽毛。”

“哪只嘎嘎鸟？”索菲娅问，她已经忘记了那只为爱而死的长尾鸭。

贝伦妮丝

有一年夏天，来了一位索菲娅的客人，这是她第一个来访的朋友。她们相识不久，但索菲娅非常喜欢她的头发。她叫约尔迪丝·伊夫林，但每个人都叫她皮普桑。

索菲娅告诉奶奶，皮普桑害怕别人问她的真名，实际上她什么都怕，所以她们必须非常小心地对待她。她们达成了一致，至少在一开始，不要用皮普桑从未见过的东西吓唬她。皮普桑来的时候，穿着显得不合适，鞋子还是皮底的，但她很有教养，很安静，她的头发美得让人窒息。

“很漂亮吧，”索菲娅小声说，“自然卷。”

“非常漂亮。”奶奶说。她们对视了一眼，缓缓点头。索菲娅叹了口气，解释道：“我打算保护她。我们不能成立一个秘密组织来保护她吗？唯一让人遗憾的是，皮普桑听起来不像是贵族的名字。”

奶奶建议她们称呼这孩子为贝伦妮丝，当然只能在秘密组织里使用——贝伦妮丝是一位因头发而出名的女王，同时也是一个星座。

皮普桑被这些秘密的形象所环绕，成了许多严肃谈话的对象。她在岛上徘徊，是一个异常瘦小且胆小的孩子，没法单独待着。因此，索菲娅非常着急，不敢让她的客人独处超过几分钟。奶奶躺在小屋后面的客房里，听到她来了，气喘吁吁地上了楼，然后“砰”的一声冲了进来，坐在床上嘀咕：“她快把我逼疯了。她不想学划船，因为她不敢上船。她觉得水很冷。我们该如何应付这个贝伦妮丝呢？”她们就这个问题进行了简短的讨论，暂时没有得出任何结论，索菲娅又匆匆出门了。

客房是后来才建的，所以形状非常特殊。它紧靠着小屋的后面，有一面涂了沥青的内墙，上面挂着渔网、带环螺栓、绳索和其他可能用得到的东西，这些东西一直挂在那里。屋顶非常倾斜，因为它是接着原屋顶建造的，而房间则搭在柱子上，因为陡峭的山坡向下延伸到小屋和堆木场之间原来是一片沼泽地的地方。由于外面有一棵松树，所以客房并不比一张床长多少，换句话说，它就像一条用粉笔涂成蓝色的短走廊，一端是门和所有钉子盒，另一端是一扇过大的窗户。窗户之所以那么大，是因为它是以前留下来的，而左侧为了适应天花板显得有些倾斜。床是白色的，带着蓝色和金色的装饰。客房下面堆放着木材、煤焦油罐、汽油桶、木料处理剂、空箱子、铲子和撬棍，还有一些旧诱饵箱和其他保存完好而舍不得扔掉的杂物。总而言之，客房是个宜居的房间，和其他地方截然不同，细节就不必多说了。奶奶继续看她的书，并没有对贝伦妮丝的事多加思考。夏日的西南风持续吹着，懒洋洋地环绕着房子和小岛，她听到她们在小屋里收听天气预报，阳光透过窗台洒了进来。

索菲娅猛地推开门进来，说道："她在哭。她害怕蚂蚁，觉得蚂蚁无处不在。她一直抬起腿，像这样，边跺脚边哭，不敢站在原地。我们该拿她怎么办呢？"

她们决定把贝伦妮丝带到船上，那儿没有蚂蚁，这样可以将她从较大的惊吓引导到较小的惊吓中。

奶奶继续读她的书。她的床脚下放着一幅漂亮的隐士画。这幅画是从一本书上剪下来的彩色复印件，用的是蜡光纸。画面展示了暮色中的沙漠，只有天空和干涸的土地。在画面中央，隐士躺在床上看书，他的周围有一顶敞开的帐篷和一张放着煤油灯的床头柜。他放帐篷、床、光源和床头柜的空间几乎和他本人一样小。暮色中，在更远的地方，隐约可以看到一头静卧着的狮子的轮廓。索菲娅认为这头狮子极具威胁，但奶奶认为它是在保护隐士。

刮西南风的时候，很容易让人感觉日复一日，没有任何变化和新鲜事，白天和黑夜都有同样平稳的风。爸爸只是在桌前工作。渔网放出去,又收回来。每个人都在岛上忙着自己的活儿，这些事情显得如此稀松平常，以至都不需要谈论——既不想寻求赞赏，也不想博取同情。漫长的夏天一如既往，永无变化，一切都在按自己的节奏生长。贝伦妮丝——我们现在用她的秘密名字称呼她——来到岛上后，出现了任何人都没有预见到的复杂情况。他们没有意识到，随意的岛上生活，实际上是一个不可分割的整体。他们心不在焉地生活着，跟随着夏天慢慢流逝的节奏，从未想过会有客人来访。他们也没有意识到贝伦妮丝对他们的恐惧，超过了对大海、蚂蚁和夜晚树林间风声的恐惧。

第三天，索菲娅走进客房说:“现在继续不下去了。她太难相处了。我已经让她潜水了，但情况没有任何好转。”

“她真的潜水了吗？”奶奶问。

“当然。我推了她一把，她就潜下去了。”

“啊，”奶奶说，“那现在该怎么办？”

“她的头发受不了盐水，”索菲娅伤心地解释道，“它看起来糟透了。我本来喜欢的就是她的头发。”

奶奶掀开毯子，起身拿起拐杖问：“她在哪儿？”

“在种土豆的地方。”索菲娅回答。

奶奶独自穿过小岛，来到了土豆地。此地离海不远，在一些岩石的背风处，整天都能晒到太阳。早熟的种薯被放置在沙床上，覆盖着一层海藻。用盐水浇灌，它们就能长出干净、椭圆形的小土豆，带有淡淡的光泽。孩子坐在最大的岩石后面，身体的一部分罩在松树枝的阴影下。奶奶在不远处坐下，开始用她的小铲子挖土豆。土豆还太小，但她还是挖出了十几个。“你可以这样做，”她告诉贝伦妮丝，“种下一个大土豆，就会长出很多小土豆。如果你耐心等，所有的土豆都会长大。”

贝伦妮丝从她凌乱的头发间匆匆瞥了眼奶奶，然后又移开目光，似乎对土豆不感兴趣，也对任何人或任何事都漠不关心。

奶奶想，如果她再大一点就好了。再大一点，这样我就可以告诉她，我明白这感觉有多可怕。她想象着，孩子闯入了一个紧密的小群体，这里的人们一直生活在一起，习惯了在这片他们了解、熟悉、亲近的土地上自如地活动，每一个对他们习惯的威胁只会使他们更加团结和坚定。对于那些外来者来说，岛屿可能显得可怕。因为岛上的一切都井然有序，每个人都有自己的位置，他们坚定、冷静、自给自足。在他们的海岸线内，一切都按照反复不变的仪式进行，同时，他们又随意而轻松地度过每一天，就像世界就在地平线的尽头终结。奶奶专注地思考着这些事情，以至忘记了小土豆和贝伦妮丝。她的眼睛越过背风处的海岸，凝视着海浪——它们经过小岛两侧，然后交汇在一起，继续向大陆延伸，形成一道长长的蓝色风景线，然后消失了，只留下一小片平静的水面。一艘渔船驶过海峡，船头挂着大大的白色船帆。

“啊！”奶奶说，“有船开过去了。”她在寻找贝伦妮丝，而这时孩子藏到松树下面去了。”“啊！”奶奶又说，“坏人来了。现在我们得躲起来。”她费了九牛二虎之力才爬到松树下，小声说：“看，是他们。他们到这儿来了。现在你最好跟我去一个更安全的地方。”她开始爬山坡，贝伦妮丝四肢并用，紧跟其后。她们绕过长着越橘的小沼泽，来到一片长满柳树的洼地，地面是湿的，但是她们别无选择。

“哎，”奶奶说，“我们现在暂时安全了。”她看着贝伦妮丝的脸，补充道，“我是说我们安全了。他们永远也找不到我们。”

“他们为什么是坏人？”贝伦妮丝小声问。

“因为他们来打扰我们。”奶奶回答，“我们是生活在岛上的人，所有来到这里的人都得离我们远点。”

渔船继续前行。索菲娅四处寻找，找了半个小时，终于找到她们时，发现她们正平静地逗弄小蝌蚪，她很生气。“你们去哪儿了？”她喊道，“我到处找你们！”

“我们躲起来了。”奶奶解释道。

“我们躲起来了，”贝伦妮丝重复道，“我们不想让任何人打扰。”她走到奶奶身旁，眼睛一眨不眨地盯着索菲娅。

索菲娅什么也没说，突然转身跑开了。

小岛似乎变得狭小而拥挤。无论走到哪里，她都知道她们在哪里，必须远离，而只要她们一消失，她又不得不寻找，以便能再次从她们身边走开。

渐渐地，奶奶累了，爬上了客房的楼梯。“现在我要看一会儿书，”她说，“你去和索菲娅玩一会儿吧。”

“不。”贝伦妮丝说。

“那就自己玩吧。”

“不。”贝伦妮丝说完又觉得有些害怕。

奶奶找来一个本子和一支铅笔，放在楼梯上。她说：“你可以画一幅画。”

“我不知道要画什么。”孩子说。

“画点可怕的东西吧。”奶奶说，因为她现在真的很累了，“画你能画的最可怕的东西，尽量画得久一些。”

然后，她把门关了并锁上后躺在床上，拉起被子盖住头。西南风静静地、遥遥地吹过海岸，包围着小岛的中心，也就是客房和堆木场。

索菲娅把诱饵箱拖到窗边，爬上去，在窗户上敲了三下长、三下短。等奶奶从被子里钻出来，打开窗户的一条缝，索菲娅宣布自己退出她们的秘密组织。“那个皮普桑！”她说，“我对皮普桑什么的不感兴趣！她在干什么？”

“她在画画，画最可怕的东西。”

“她不会画画，”索菲娅激动地低声说，“你给她的是我的画画本子吗？她到底要画什么？”

窗户砰地关上，奶奶仰面躺下。索菲娅回来了三次，每次都带着一幅可怕的画。她将画贴在窗户上，对着客房。第一幅画描绘了一个长着丑陋头发的孩子，她在尖叫，身上爬满了大蚂蚁。第二幅画还是那个孩子，她被石头击中了头部。第三幅画是一个沉船事故的场景。奶奶由此推断索菲娅是在发泄情绪。当她翻开书，终于找到上次的页面时，一张纸从门缝里滑了进来。

贝伦妮丝画得非常出色，这幅作品是在愤怒中用心完成的，描绘的是一个脸部呈黑洞状的生物。这个生物正在向前移动，肩膀高耸着，双臂的位置是长长的波状翅膀，宛如蝙蝠。它的翅膀从颈部开始延伸，两侧拖在地上，成为这副没有骨头的身体的支撑——也可能是障碍。这幅画既可怕又富有表现力，奶奶对它十分赞赏，她打开门喊:“画得真好！真是一幅很棒的画！”她没有看向孩子，只专注于欣赏画作，语气听着既不友好也不含鼓励。

贝伦妮丝仍然坐在台阶上，没有转身。她捡起一块小石头，径直扔向空中，然后站起身，慢慢地、故作姿态地走到海岸。索菲娅在柴堆上等着她。

“她现在在做什么？”奶奶问。

“她在往水里扔石头，”索菲娅说，“她走到岬角上去了。”

“很好，”奶奶说，“过来瞧瞧她画了些什么。

你看行吗？”

“好吧。”索菲娅说。

奶奶用两颗图钉把画钉在墙上，然后说：“这幅画的构思真的很特别。现在我们让她一个人安静待会儿吧。”

“她会画画吗？”索菲娅沮丧地问。

“不会。”奶奶回答说，“大概率不会。她大概属于那种只能做好一件事，然后就再也做不好其他事的人。”

牧场

索菲娅问天堂是什么样子的，奶奶回答说可能像那片她们路过的草地。她们沿着镇上的小路经过一片牧场，停下来看了看。天气炎热，泛白的路面起了裂缝，沟边植物的叶子上沾满了灰尘。然而，她们走进牧场，坐在高高的草地上，完全没有一丝尘埃，只有蓝钟花、猫足草和毛茛绽放着。

“天堂有蚂蚁吗？”索菲娅问。

“没有。”奶奶回答。她轻轻地仰面躺下，把帽子盖在鼻子上，试图偷偷地睡一会儿。远处，某种农用机械正平稳地运转着。如果关掉机器——这其实很简单——只听虫鸣，你会听到成千上万只昆虫的声音，充满整个世界，带来此起彼伏的欢愉和夏日的气息。索菲娅摘了一些花，捧在手里，直到它们变得又热又令人不舒服，然后她把花朵放在奶奶身上，问上帝如何同时照顾到每个祈祷的人。

“他很聪明，很聪明。”奶奶在帽子下迷迷糊糊地嘟囔。

“好好回答，”索菲娅说，“他怎么会有这么多时间？”

“他有秘书……”

“但是，如果他连和秘书说话的时间都没有，他怎么来得及应允你的祈祷呢？”

奶奶假装睡着，但她一直都知道她装睡也骗不了人，最后她说：“他会安排好的，从你祈祷的那一刻到他知道你的祈求的那一刻，不会有任何危险发生。”这时，孙女问，如果有人在从松树上掉到半空中时祈祷会怎么样？

“哈哈，”奶奶来精神了，她说，“那他就让你卡在一根树枝上。”

“这很聪明，”索菲娅承认，“现在轮到你问了。但必须是关于天堂的。”

“你是否觉得所有天使都穿裙子，这样就没人知道他们是什么性别？”

“既然你知道他们穿裙子，就别问这么傻的问题。现在仔细听我说：如果有天使想确定另一个是什么性别，他只要飞到那个天使的下面，看看他是否穿着裤子。”

“啊哈，”奶奶说，“这很重要。现在轮到你了。”

“天使能飞进地狱吗？”

“当然可以。那里可能有很多他们的朋友和熟人。”

“我抓到你的错误了！”索菲娅喊，“昨天你说过没有地狱！”

奶奶生气地坐起来说：“我今天的想法和昨天的一样，但这只是一场游戏。”

“这不是游戏，谈论上帝是很严肃的！”

“他绝不会想到创造地狱这样的蠢事。”

“他确实做了。”

“不，他没有。”

“他做了！一个巨大的地狱！”

奶奶气得一下子站了起来，仿佛整个牧场都在旋转，害得她差点失去平衡。她等头晕的感觉消失后说：“索菲娅，这根本没什么好争的。你可以这么理解，生活本来已经够艰难了，不用死了以后还要受惩罚。人们在死后会得到安慰，这才是重点。”

“没什么艰难的，”索菲娅哭着说，“那你打算怎么处理魔鬼？他就住在地狱里！”

有一瞬间，奶奶考虑说他也不存在，但又不想表现得太严厉。远处的农用机械发出刺耳的噪声。

她返回乡间小路，结果踩到一大坨牛粪。但她的孙女没有跟上来。

“索菲娅，”奶奶警告道，“我可打算给你在商店买橙汁喝的。”

“橙汁，”索菲娅轻蔑地重复道，“你以为人们在谈论上帝和魔鬼时会在乎橙汁吗？”

奶奶尽力用拐杖把鞋子上的牛粪拨掉，然后说：“亲爱的孩子，我在这个年纪实在没法相信魔鬼的存在。你可以相信你想相信的，但必须学会宽容。”

“什么是宽容？”孩子急切地问。

“就是尊重他人的观点。”

“什么是尊重？”索菲娅跺着脚喊。

“允许别人相信他们想要相信的东西！”奶奶喊，“我允许你相信有该死的魔鬼，你允许我相信没有该死的魔鬼。”

“你说脏话了。”索菲娅低声说。

“我才没有。”

“你说了，你说了‘该死的’。”

她们没有再互相对视。三头牛从乡间小路走来，摇着尾巴，晃着牛角，缓缓从一大群苍蝇中穿过，继续朝着村庄前进。它们的屁股摇摆着，皮肤一皱一皱地抽动着，然后它们消失了，只留下一片寂静。

最后，奶奶说：“我知道一首你不会的歌。”她等了一会儿，然后唱了起来，调跑得很厉害，因为她的声带已经交叉了：“咻，哩啦啦，咻，哩啦啦。你可千万别朝我扔牛粪，咻，哩啦啦，咻，哩啦啦。要不然我就扔回去。臭大便。”

“你说什么？”索菲娅嘀咕着，因为她不敢相信真有这样一首歌，于是奶奶又唱了一遍这首非常难听的歌。

索菲娅跨过沟渠，开始朝村庄走去。“爸爸从来不说‘大便’，”她侧过头说，“你从哪儿学的？”

“我不告诉你。”奶奶回答。

她们来到谷仓前，穿过栅栏，经过尼邦达的谷仓，还没走到树下的小商店，索菲娅就学会了那首歌，而且和她奶奶一样唱跑调。

威尼斯游戏

一个星期六，索菲娅收到了一封信，是一张来自威尼斯的明信片。明信片上写着她的全名，前面加上“小姐”。明信片有光泽的一面展示了她家人从未见过的最美丽的图画：一排排金碧辉煌的粉色宫殿从漆黑的水面上崛起，狭长的贡多拉上的灯笼倒映在水中，圆月照耀着深蓝色的天空，一个美丽而孤独的女人站在一座小桥上，用手遮住眼睛。图画还在合适的地方烫有真金。这张明信片被压在气压计下。

索菲娅问起为什么所有的房子都在水中，奶奶解释了威尼斯逐渐沉入大海的原因，因为她曾去过那里。一想起自己的意大利之行，奶奶就兴奋不已，滔滔不绝地给孩子讲述。有时她还想讲讲自己去过的其他地方，但索菲娅只想听关于威尼斯的故事，特别是那些散发着发霉和腐烂气息的黑暗水道。每

Tove

年，这些水道都会将这座城市拖入泥沼，拖入一片埋葬着金盘子的黑色软泥中——晚饭后，在不断下沉的房子里生活的人们会把盘子扔出窗外，这听起来很潇洒。“妈妈，你看，”美丽的威尼斯女孩说，“今天厨房被淹了。”“亲爱的孩子，没关系，”妈妈回答道，“我们还有客厅。”他们乘坐电梯下楼，坐上贡多拉，在水道中缓缓行驶。整个城市没有汽车，它们早已陷入泥泞之中，只能听到桥上的脚步声——人们在夜色中漫步。有时会传来一阵音乐，有时会听到宫殿下沉时发出的吱吱声。到处弥漫着泥沼的气味。索菲娅来到沼泽池边，池水在桤木林下泛着黑褐色的光泽。她在苔藓和笃斯越橘丛之间挖了一条水道，她的戒指是金的，上面镶着一颗红宝石。“妈妈，我的戒指掉进水道里了。”“亲爱的孩子，没关系，我们还有一个装满黄金和宝石的客厅。”

索菲娅走到奶奶面前说：“叫‘我亲爱的孩子’，我会叫你‘妈妈’。”

“但我明明是你奶奶。”奶奶回答。

“求你了，奶奶，这是一个游戏，”索菲娅解释道，“妈妈，我们来玩‘你是我奶奶’的游戏好吗？我是你亲爱的孩子，来自威尼斯，我开凿了一条水道。”

奶奶站起来说：“我知道一个更好玩的游戏。我们来扮演建设新威尼斯的老威尼斯人。”

她们开始在沼泽上进行建造。她们用许多小木桩搭出了圣马可广场，在上面铺满了平整的石头。她们挖了几条水道，并在水道上架起了桥。黑蚂蚁在桥上来回穿梭，桥下的贡多拉在月光下滑行。索菲娅在沙滩上捡起一块洁白的大理石。“妈妈，你看！”她大声喊，“我找到了一座全新的宫殿！”

“但亲爱的孩子，我是你爸爸的妈妈啊！”奶奶忧心地说。

“原来是这样！”索菲娅喊，“为什么只有他能喊‘妈妈’？”说完，她把宫殿扔进水道，然后走开了。

奶奶坐在门廊边上，用轻木做了一座总督府。宫殿完工后，她用水彩和金粉为它涂上颜色。索菲娅走过来看。

“这里，”奶奶说，“这里住着一位母亲和一位父亲，还有孩子。就在那扇窗户里。孩子刚把晚餐用的盘子从窗户扔了出去，在广场摔碎了，因为那是瓷器。我想知道妈妈说了什么。”

“我知道妈妈说了什么，”索菲娅回答，“妈妈说，亲爱的孩子，你以为你妈妈的瓷器是无穷无尽的吗？”

“孩子怎么回答？”

“她说，求求你，妈妈，我保证只扔金盘子！”

她们把宫殿建在广场边上，父亲、母亲和孩子继续住在那里。奶奶又建造了更多的宫殿，让更多的家庭搬来威尼斯。人们在水道上互相热情地打招呼。“你们家下沉了多少？”“哦，还行。我妈妈说不超过三十厘米。”“你妈妈今天做什么菜？”“我妈妈在做鲈鱼……”晚上，他们睡得很香，只能听到蚂蚁在桥上的脚步声。

奶奶的兴趣越来越浓厚。她建造了一家旅馆和一家餐厅，还做了一座有小狮子雕像的钟楼。她仍然记得街道的名字，尽管她已经很久没有在威尼斯生活了。有一天，一只绿色的蝾螈坐在大水道里，导致交通堵塞，人们不得不绕行很长一段路。

当天晚上开始下雨，风向转为东南。收音机里播报气压很低，风力达六级，但没有人太在意。然而，当奶奶像往常一样醒来，听到大雨轰隆隆打在屋顶上时，她想起了那个正在下沉的城市，不禁感到忧心忡忡。狂风大作，沼泽和大海之间只剩一片长着草的沙滩。奶奶迷迷糊糊睡去再醒来时，想起了威

尼斯和索菲娅，耳边响起雨声和海浪声。天色渐渐亮了，她起身在睡袍外披上一件防水外套，戴上雨帽。

雨势稍微减小，但地面已被淋湿，漆黑一片。奶奶心不在焉地想着，现在万物长势良好。她握紧手中的拐杖，迎风蹒跚前行。灰色的黎明十分美丽，长长的平行雨云在天空中行进，深绿色的海面上泛起白色的浪花。奶奶很快意识到整个海岸都被淹没了，随后她看到索菲娅从山上向她跑来。

“它沉了！”索菲娅喊道，“她不见了！”

小屋敞开着，门在风中砰砰地响。

“去睡觉吧，”奶奶说，“把衣服脱掉，都湿透了。关上门去睡觉。我会找到宫殿的。我向你保证，我一定会找到的。”

索菲娅张大嘴巴哭泣，根本听不进去。最后，奶奶不得不把她带回小屋，确保她上床睡觉。她反复说：“我会找到宫殿的。别哭了，去睡觉。”说完，她关上门离开了。奶奶来到海边，发现沼泽已经变成了海湾。海浪高高冲入石楠丛中，又退回海里，桤木远远地矗立在水中。威尼斯沉没在大海之中。

奶奶站在原地，凝视了很久，随后转身回家。她点亮灯，拿出工具和一块合适的轻木，戴上眼镜。

总督府在七点钟竣工，就在这时，索菲娅敲响了门。

“等一下。”奶奶说，“门锁上了。”

“找到她了吗？”索菲娅喊，“她还在吗？”

“是的，”奶奶回答，“他们都在。”

宫殿看起来太新了，不像是被洪水淹过的样子。奶奶急忙拿起水杯，将水倒在总督府上。她把手中烟灰缸里的烟灰倒在手里，用它擦拭宫殿的穹顶和外墙，而索菲娅一直拉着门，喊着要进去。奶奶打开门说：“我们真是太幸运了！”

索菲娅仔细检查了宫殿，然后将其放在床头柜上，一言不发。

“一切都好，不是吗？”奶奶焦急地问。

“安静，”索菲娅低声说，“我想听听她还在不在。”

她们听了很久。然后索菲娅说：“你可以安心了。她妈妈说那是一场非常可怕的暴风雨。现在她正在打扫，已经非常累了。”

“是的，我想也是这样。”奶奶说。

风平浪静

海面很少如此平静，以至于一艘配备舷外发动机的小船敢冒险前往芬兰湾最远的海岛——石堆岛。抵达那里需要航行数小时，并且必须携带一整天的食物。石堆岛是一个长长的礁石岛，从远处看起来像是两个岛屿，两片平滑的脊背上分别有一个航道标志和一座小灯塔。岛上根本没有石堆。但是一旦靠近，就会发现这些石脊确实光滑如海豹皮毛，它们之间有一条狭长的、由卵石构成的地峡。这些卵石都很圆。

海水像白色的油一样，淡得几乎看不出是蓝色的。奶奶坐在小船中央，撑着一把紫色的阳伞。她并不喜欢紫色，但此时别无选择，而且这种颜色也确实很漂亮，与大海一样明亮。阳伞让他们看起来像夏天最糟糕的游客，但事实并非如此。由于没有背风的地方，一切都暴露在风中，因此他们在到达的第一片海岸上登陆，提着东西，将黄油放在阴凉处。脚下的岩石很热。爸爸将阳伞插在岩缝中，奶奶则躺在橡胶垫上，感觉很舒服。她看着他们朝相反方向走去，岛屿太大，很快他们就变成了在岸边移动的小点。然后，她从阳伞下爬出来，拿起拐杖，朝自己要去的方向走去。但在离开之前，她将毛衣和浴袍放在垫子上，仿佛她正在睡觉。

奶奶来到海岸边一个有趣的地方，那里有一条小峡谷穿过山岩，直通大海。尽管当时已经正午，峡谷里仍处于阴影中，一直延伸到海里，远远看去宛如一道黑暗的裂缝。她坐下来，顺着沙滩一点一点向下滑进峡谷，最终滑到谷底，独自一人享受着宁静。她点燃了一支烟，凝视着微弱的海浪。最后，小船从岬角后驶出，爸爸绕过礁石放下渔网。

"哦，你在这儿啊，"索菲娅说，"我去游泳了。"

"水冷吗？"奶奶问。从峡谷下面看，孩子在阳光下成了一道细长的影子，宛如一根小木棍。

"冷死了。"索菲娅说着，跳进了峡谷。裂缝底下铺满了鹅卵石，最大的像脑袋，小的越来越小，像玻璃弹珠。她们发现一个地方的石头里嵌满了有时能看到的非常小的芬兰石榴石，她们试图用折叠刀将其挖出。但没有成功，就从没成功过。她们吃着脆饼干，看着船。网都撒出去了，又被收回来了，消失在岬角后面。

“你知道，”索菲娅说，“有时候一切顺利，我反而觉得无聊死了。”

“是吗？”奶奶说着又抽了一支烟，这是她中午前抽的第二支烟，在她能想起来的时候，她会尽量偷偷地抽烟。

“什么事也没发生，”孙女解释说，“我想爬上航道标志，但爸爸说我不能爬。”

“那太糟糕了。”奶奶说。

“不，”索菲娅说，“不是糟糕。是蠢死了。”

“你从哪儿学来的？你一直在说‘死了’？”

“我也不知道。听起来挺酷的。”

奶奶说：“紫罗兰色是种难看死了的颜色。有一次我发现了一个真正‘死了’的东西。是一头猪。我们把骨头煮了一个星期，臭气熏天。是你爸爸想把骨架带到学校的。动物学课，你懂的。”

“不，”索菲娅怀疑地说，“你什么意思？什么学校？”

“那是你爸爸小时候。”

“多小？哪头猪？你刚说它叫什么？”

“哦，没什么，”奶奶说，“那时，你爸爸大概像你这么大。”

“他已经长大了。”孩子一边说，一边开始清理脚趾间的沙子。她们各自沉默。过了一会儿，奶奶说：“现在他以为我在那把伞下睡觉。”

“但你没有，”索菲娅说，“你在这里偷偷抽烟。”

她们挑选了一些还未完全磨圆的石头，把它们扔进海里，让它们变得更圆。太阳在空中移动，小船绕过岬角，拉起渔网，然后又立刻把渔网扔回海里。

“捕鱼真是可怕死了。”奶奶说。

“喂，”索菲娅说，“现在我没时间陪你了，因为我今天只游了两次泳。你不会难过吧？”

“我也想游泳。”奶奶解释说。

索菲娅想了想说：“你可以去。但只能去我让你去的地方。”

她们互相搀扶着爬出峡谷，绕着山岩走了一圈，以免被人看到。在航标后面一侧，有一个深深的水潭。

“这里可以吗？”索菲娅问。

“这里很好。”奶奶说着，露出双腿，伸进水潭里。水温暖而舒适。一些浅棕色的泥沙打着旋涌上水面，伴随着一些蝌蚪，但它们很快就平静下来。她伸展脚趾，拉伸腿部。在水潭变窄的地方，长着一大束珍珠菜，黄景天沿着岩石缝隙生长。爸爸在稍远的地方生起了火，烟雾直蹿向上空。

“我觉得，”奶奶说，“我觉得，在我这么多年在这些岛屿之间的航行中，从来没有过这样平静的时刻。总是会刮风。除非遇上暴风雨，否则他从不出海。我们曾经有一面三角帆。他负责开船，而我在黑夜中守望杆形标志。几乎来不及看——我会说出‘北杆’‘西杆’——它们过得很快。有一次，舵柄松了……”

“然后你就用发卡修好了。”索菲娅说。

奶奶默默搅动着双腿，一言不发。

“也许用的是安全别针，”索菲娅继续说，“有时我记性不太好。那个掌舵的‘他’是谁？”

“当然是你爷爷，”奶奶说，“就是和我结婚的那个人。”

“你结婚了？”索菲娅惊讶地叫道。

“笨死了。”奶奶心里嘀咕。她说：“关于家谱之类的问题，你得问你爸爸，让他在纸上画出来。如果你感兴趣的话。”

“我想我没啥兴趣，”索菲娅和蔼地说，“因为我现在有点忙。”

航标非常高，整个被漆成白色，中间有一个

红色三角形。上下木板之间的距离很大，索菲娅的双腿几乎够不到，每往上一步，她的膝盖就开始颤抖——不是很厉害，但还是得等一等才能继续爬。

索菲娅快爬到顶上时，奶奶才看到她。奶奶立刻意识到，她不能尖叫。她必须等孩子自己下来。这并不危险，孩子的身体里有很多猴子的天性，他们天生擅长攀爬，只要不吓到他们，他们就不会摔下来。

索菲娅这会儿爬得很慢，每一步都停顿很久。奶奶看出她开始害怕。奶奶站起来的速度太快，拐杖滚落到了水池里，整块山岩变成一个不安全且充满威胁的平面，在她面前起伏。索菲娅又迈出了一步。

“你做得很好。”奶奶喊，“现在你只差一点就能爬到顶部了！”

索菲娅继续向上爬。她双手攀上了最后一块木板，然后一动不动。

“现在下来吧。”奶奶说。

但是孩子没有动。太阳火辣辣的，航标在热浪中一闪一闪的，轮廓在摇曳。

“索菲娅，”奶奶喊，“我的拐杖掉到下面了，我的腿站不稳。”她等了一会儿，又喊：“差死了，你听到我的话了吗？！我今天的平衡感差死了，我必须拿回那根拐杖！”

索菲娅开始一步一步稳稳地往下爬。

“该死的孩子，”奶奶心想，“真糟心，但这就是其他人禁止你做任何有趣事情的后果。他们已经够岁数了。”

索菲娅回到了岩石上。她涉水进入水潭去拿拐杖，然后连看都不看，就把拐杖递给了奶奶。

“你很擅长攀爬，”奶奶严厉地说，“也很勇敢，因为我看到你害怕了。我到底是应该告诉他这件事，还是藏在心里算了？”

索菲娅耸了耸肩，看着奶奶。“也许你一个人知道就够了。”她说，“但你可以在临终的床榻上告诉他，这样就不会没人知道了。”

“这真是好主意。”奶奶回答。她越过岩石，回到橡胶垫旁坐下，刚好坐在紫色阳伞的阴影外面。

猫咪

小猫来的时候还是个小家伙，只能用奶瓶喂养，幸好他们在阁楼上还留着索菲娅的婴儿奶瓶。起初，小猫蜷缩在咖啡壶里取暖，但当它能行走时，便喜欢在索菲娅床边的小屋里睡觉。它有自己的枕头，就放在索菲娅的枕头旁边。

这是一只灰色的渔夫猫，长得很快。有一天，这只猫离开了小屋，搬进了家里，晚上睡在床底下装脏盘子的盒子里，因为它在那时就有了自己的主意。索菲娅把猫咪抱回小屋，尽力让它安顿下来，但她越是讨好这只猫，它就越迅速地逃回装脏盘子的盒子里。当盒子装得太满时，猫就会尖叫，直到有人不得不去洗盘子。它的名字是“小不点儿”，昵称则是“乖乖”。

“爱是一种奇怪的东西，”索菲娅说，“你越爱一个人，他就越不喜欢你。”

“确实如此，”奶奶说，“那你会怎么做呢？”

“继续爱它，”索菲娅语带威胁地回答，“更加努力、更用劲地爱它。”

奶奶叹了口气，什么也没说。

索菲娅抱着乖乖，带它参观了所有猫可能喜欢的好地方，但它都只是瞥了一眼就离开了。它被索菲娅的拥抱弄得扁扁的，礼貌忍耐了一下，然后爬回装盘子的盒子里。它很有主见，黄色的眼睛看着别处，除了睡觉和吃东西，似乎这个世界上任何事情都没法引起它的兴趣。

“你知道，”索菲娅说，“有时我觉得我恨乖乖。我不想继续爱它，但我一直想着它！”

一周又一周，索菲娅还在讨好那只猫。她轻声细语地和它说话，给予它安慰和理解，只有几次，她失去了耐心,吼了它几句,拽了拽它的尾巴。随后，乖乖发出嘶嘶声，冲到房子下面。之后，它的胃口变得更好了，睡得也比平时更久，蜷缩在谁都无法触及的舒适地带，爪子轻轻地搭在鼻子上。

索菲娅什么游戏都不玩了，开始做噩梦。她满脑子只想着那只不愿亲近她的猫。与此同时，乖乖长大了，变成了一只又瘦又野的小动物。在六月一个美丽的夜晚，它没有回到盘子盒里。早上，它走进小屋，伸了个懒腰，先是伸展前腿，把屁股高高翘在半空，然后是后腿，接着闭上眼睛在摇椅上磨爪子。然后，它跳上床睡觉，全身散发着平静的优越感。

“它开始捕猎了。”奶奶想。

她判断得没错。第二天早上，乖乖进屋来，在门槛上放了一只灰黄色的小鸟。小鸟的脖子被干净利落地咬断，几滴鲜红的血珠美丽地点缀在光滑的羽毛上。索菲娅脸色苍白，目不转睛地注视着那只被害的小鸟。她侧身走过乖乖这个凶手，一步一停，然后转身冲了出去。

后来，奶奶讲到了野生动物奇怪的特性，比如说猫，它们无法理解老鼠和小鸟的区别。

“这样看来，它们太笨了。”索菲娅简洁地说，“老鼠是讨厌的，而鸟是可爱的。我打算三天不和乖乖说话。”她确实没有和猫说话。

每天晚上，猫都会前往树林，早晨杀死猎物后，把它带回小屋，向人们展示，然后每天早上都有死鸟被扔进海里。过了一会儿，索菲娅站在窗外喊：“我能进来吗？尸体处理好了吗？”她以非常粗鲁的方式惩罚乖乖，同时也加深了自己的痛苦。有时她会大声喊：“你们把血迹清理干净了吗？！今天又杀了

几只？”甚至对她而言，早晨的咖啡也不再像以前那样美味了。

当乖乖终于学会隐藏自己的罪行时，索菲娅松了口气。亲眼看到血迹是一回事，仅仅知道实情又是另一回事。也许乖乖厌倦了所有的尖叫和大惊小怪，也许它觉得家里的人吃掉了它猎来的鸟。一天早上，当奶奶在门廊上点第一支烟时，烟嘴掉在地上，滚进了地板的缝隙里。奶奶撬起一块木板，看到里面藏着乖乖的杰作——一排被仔细清理干净的小鸟遗骸。她当然知道这只猫仍然在捕猎，不可能停止，但当它路过她身旁，靠近她的腿蹭了蹭时，她连忙躲开并低声训斥道：“你这个狡猾的家伙。”猫粮碗放在门口的台阶旁，没有动过，结果引来了很多苍蝇。

“你知道吗，”索菲娅说，“我真希望乖乖从来没有出生过。或者我从来没有出生过。那样会好得多。”

“你们还不跟对方说话吗？”奶奶问。

“一句话也不说。”索菲娅回答，“我不知道该怎么办。如果我原谅了它，但它根本不在乎，那又有什么意义？！”奶奶无言以对。

乖乖已经变成了一只野猫，很少再进入小屋。

它的颜色与小岛一样，呈浅灰黄色，带有花岗岩般的条纹，也像水底沙子上的日光斑。当这只猫溜过海滩边的草地时，就好像风拂过草丛。它在灌木丛里静静观察了几个小时，如剪影般一动不动，夕阳映衬着它两只尖尖的耳朵，然后突然又不见了……有些鸟发出啁啾声，但只叫了一声。它悄悄在松树下潜行，浑身被雨水打湿，瘦得像一道闪电。但在太阳升起后，它会纵情地梳洗自己。这是一只绝对快乐的猫，但它不与任何人分享任何东西。在炎热的日子里，它在光滑的岩石上打滚，有时吃些草，平静地吐出自己的毛，像寻常的猫一样。至于它在其他时间里做什么，没有人知道。

一个星期六，厄弗高夫妇来家里喝咖啡。索菲娅走到海边，看看他们的船。船很大，装满了袋子、汽油桶和篮子，其中一个篮子里有一只喵喵叫的猫。索菲娅掀开篮盖，猫舔了舔她的手。这只白猫很大，脸宽而圆。索菲娅抱起猫回岸上时，它不停地咕噜咕噜叫。

“你找到这只猫了。”安娜·厄弗高说，“这是一只温顺的猫，但它不会抓老鼠，所以我们打算把它送给需要的人。”

索菲娅抱着这只沉甸甸的猫坐在床上，听着它不停地喵喵叫，感觉它非常柔软、温暖又顺从。

他们很容易就达成了交易，用一瓶朗姆酒作为交换。乖乖被抓住，直到厄弗高夫妇的船驶向城镇，它才意识到发生了什么。

新来的猫叫斯万特。斯万特喜欢吃鱼，喜欢被人抚摸。它搬进了小屋，每天晚上都睡在索菲娅的胳膊上，早上陪她吃早点，然后在壁炉旁边的床上继续睡觉。如果阳光明媚，它会在温暖的岩石上打滚。“别去那儿！”索菲娅喊，“那是乖乖的地方！”她把猫抱到稍远的地方，猫舔了舔她的鼻子，乖乖地在新地方打滚。

夏天变得越来越美，一连几天风平浪静，天空湛蓝。每天晚上，斯万特都把鼻子贴在索菲娅的脸颊上入睡。

“我这人真奇怪，”索菲娅说，“我觉得好天气让人很无聊。”

“是吗？”奶奶说，“那你就和你爷爷一样，他也喜欢暴风雨。”奶奶还没来得及多说几句爷爷的事，索菲娅就走开了。

渐渐地，夜里刮起风来。到了早晨，西南风使劲吹，吹得整片花岗岩上都是海水泡沫。

“醒醒，”索菲娅低声说，“醒醒，亲爱的宝贝，暴风雨来了。”

斯万特低声叫着，睡眼蒙眬地伸展了一下四肢，床单上满是猫毛。

“快起来！”索菲娅喊道，“暴风雨来了！”但猫只是翻了个身。突然，她感到非常非常生气，一脚踢开门，把猫扔到风中，看着它把耳朵贴在脑袋上的样子尖叫道：“去捕猎！去做点什么！像只猫一样！”然后她开始哭泣，跑到客房砰砰地敲门。

“又怎么了？”奶奶说。

“我要乖乖回来！”索菲娅尖叫。

“但你知道它回来会是什么样子。”奶奶说。

“会很让人讨厌，”索菲娅严肃地说，“但我爱的是乖乖。”

于是他们把猫又换了回来。

洞穴

最大的岛屿上有一个海湾，海湾最深处的沙地上长着一大片矮矮的、绿油油的草。这片草的草根是世界上最坚固的东西，它们交错缠绕在一起，可以抵御海浪的猛烈冲击。大浪直扑上沙地，但一进入海湾，与这片青草相遇，它们就平静地退去。海浪可以冲刷走水底的沙子，真的可以，但对青草来说，唯一的结果就是它们随之沉下去，再去适应新的山丘和沟壑。甚至远远走到海水里，人们还能感觉到脚下的青草。在岸边，它们从海藻中生长出来，再继续往上，逐渐形成一片丛林，里面还有绣线菊、荨麻、野豌豆和其他所有喜欢盐水的植物。

这片丛林茂密而高大，主要生长在海藻和烂鱼的上面。它能长多高就长多高，最高能碰到柳树、花楸树和桤木垂下的枝条。当你伸开双臂走在它们中间时，感觉就像游泳一样。稠李和花楸，尤其是花楸，开花时的气味闻起来像猫尿。

没有人知道，索菲娅用一把大剪刀在丛林里开辟了一条小路——她心情好的时候，就很有耐心地干这份活儿。小路先是绕过了那丛出名的大玫瑰——它的名字叫“*Rosa Rugosa*”[*]。当它开花时，花朵巨大，除非自己想要凋落，否则任何暴风雨也对其无可奈何。附近村子的人们纷纷前来观赏。它的根部生长得很高，被海浪冲刷得很干净，枝上还挂着海藻。每隔七年，它就会因盐分和暴露在恶劣的环境中而枯死，但它的孩子们会在它周围的沙地上再长出来，一切如故，只是稍微挪了挪位置。

玫瑰之后，小路穿过一片乱糟糟的荨麻带，接着是绣线菊、高山茶藨子和桤木下的珍珠菜，在通往森林的路上还有一棵巨大的稠李树。在风和日丽的日子里，你可以躺在稠李树下，所有花瓣会同时飘落，但你必须小心蚜虫。如果不去管它们，它们会留在树上，但如果轻轻摇动树枝，那些小不点就会落下来。

稠李树后是松树和苔藓。小山在海滩边隆起，人们每次经过都会对山洞感到惊讶，因为它出现得

* 玫瑰的学名。——本书注释均为译者注

很突然。洞穴狭窄，散发着腐烂的气味，洞壁黝黑又潮湿，最里面有一个天然形成的祭坛，上面覆盖着一层绿色苔藓，像毛绒一样细腻精致。

“我知道一些你不知道的事情。”索菲娅说。奶奶放下手中的犯罪小说，静静地等待着。

“你知道是什么吗？”索菲娅严厉地问。

“不知道。”奶奶回答。

她们划着平底船到小岛上，把船系在一块岩石上。然后她们绕着玫瑰丛爬行。今天正是走秘密小路的好日子，因为奶奶头晕目眩，觉得爬比站着走好。

“这些是荨麻啊。”她说。

“我和你说过的，”索菲娅说，“爬快点，只有一点点路。”她们爬到了绣线菊、珍珠菜和稠李旁边，然后她转过身说：“现在你可以休息一下，抽根烟。”可奶奶把火柴忘在家里了。她们躺在稠李树下，思考着。索菲娅问要在祭坛上放什么。

“要放一些精致的、不寻常的东西。”奶奶说。

“比如什么呢？”

“哦，各种各样的……”

“说具体点！”

“我这会儿也不知道。”奶奶回答，她觉得身体

不太舒服。

“也许是一堆金子，”索菲娅建议道，“但这也不是什么特别稀罕的东西。”

她们继续在松树丛中爬，奶奶在洞穴外的苔藓上呕吐了。

“谁都会发生这种事的，”孩子说，“你带卢帕特鲁*了吗？”

奶奶伸展四肢躺在地上，没有回答。

过了一会儿，索菲娅低声说：“我想我今天要抽时间陪你待一会儿。”

树下很凉快，她们也不着急，所以两人就睡了一会儿。醒来后，她们一路爬到山洞那里，可是奶奶个子太大了，钻不进去。“你得告诉我它里面是什么样子的。”她说。

“里头是绿色的，”索菲娅说，“然后有一股腐烂的味道，但非常漂亮。最里面是很神圣的，因为那儿是上帝住的地方，也许他住在那个小盒子里。”

“这样的吗？”奶奶说着，把头使劲往山洞里伸，“那这是什么？”

“一些老毒菌。”索菲娅回答。

---

* 芬兰的一种药物，具有镇静和抗焦虑作用。

但奶奶看得出那些都是没毒的蘑菇。她摘下了帽子，递给孙女，让孩子进去采一些。帽子很快就装满了蘑菇。

“你刚才说上帝住在盒子里吗？”她说着拿出一个小盒子——是卢帕特鲁，现在已经空了。索菲娅又爬进山洞，把它放在祭坛上。

她们沿着小路又回到了玫瑰丛，挖出它的一株幼苗，准备种在客房台阶旁。这一次，不费吹灰之力根部就被挖出来了，上面还带了很多土，她们找到搁浅在海藻上的哥顿杜松子酒的盒子，把整个花株都放了进去。再往前走一段路，她们找到了一顶旧的俄罗斯帽子，正好可以用来装蘑菇，这样奶奶就可以戴回她的帽子了。

“看，每件事情都很顺利吧。”索菲娅说，“我们还需要什么吗？尽管告诉我你想要什么！”

奶奶说她口渴了。

“好，”索菲娅说，“你在这里等我一会儿。”她沿着海滩走，直到在水下的沙子里发现了一个瓶子，瓶子上没有标签。她们打开瓶子，里面的液体发出嗞嗞声，不是维希矿泉水，恰好是奶奶更喜欢的柠檬苏打水。

“看到了吧！”索菲娅喊，“每件事都非常顺利！

现在我要给你找一个新的水杯。”

但奶奶说她喜欢旧的那个。而且，她有种感觉，不应该一次性用完所有的运气。她们把船尾冲前，划船回家。这种划船方式让人平静而惬意，不会让肚子不舒服。到家时已经下午四点多了，蘑菇正好够全家人享用。

大道

那是一辆推土机，一台巨大而冷酷无情的鲜黄色机器，咆哮着、轰鸣着，跌跌撞撞地穿过树林，推土铲发出铿锵之声。村里的男人们像兴奋的蚂蚁一样围着它，试图引导它朝着正确的方向前进。“我的天哪！”索菲娅尖叫着，但她自己都听不清在喊什么。她拎着牛奶罐跑到一块石头后面，目睹机器挖起布满沉积千年的苔藓的巨石，举到空中，然后扔到一边。随着树根的断裂声，松树被连根拔起，让开了路。“天哪，整片森林要没了！”

索菲娅站在青苔上，全身颤抖，又惊恐又狂喜。一棵稠李树默默地被挖了出来，它沉了下去，仿佛发出了一声叹息，接着是黑亮的泥土露了出来。推土机又要挖下一个目标，继续轰鸣前进。男人们对着彼此紧张地呼喊着，这并不奇怪，因为这是他们租来的机器，每小时要花费一百多芬兰马克，往返城里的时间也要算钱。显然，人们打算把机器开到水边。它并不关心原本的那条小路，就像一群旅鼠一样一往无前，因为它正在修一条通往大海的大道。

索菲娅想着，对蚂蚁来说，现在就不好玩了。机器可以随心所欲！她接着赶路，去取了牛奶和信件，回来时她没有走小径，而是走在宽阔、前所未有的大道上。大道上突然变得寂静无声，两旁却是一片混乱景象，仿佛有一双巨手将森林推倒，压弯了树木，让它们像再也挺不起来的柔软小草，而四分五裂的白色树干上还流淌着树脂。离大道更远的上方的森林是一片杂乱的绿色，一动不动，没有树枝或叶子在风中自由摇摆。走在大道上，让人觉得就像在石墙间行走一样。周围的石头都死气沉沉，附着在上的泥土渐渐变干，变成了灰色，甚至在新修的大道上也有大片灰色的痕迹。被砍断的树根随处可见，有些地方，树根组成了一张细网，看不见的线上面布满颤动着的小泥土块，在阳光下慢慢被晒干。

这是一幅翻天覆地的景象，令人窒息，仿佛爆炸或狂风呼啸后的静默。索菲娅走在新道路上——这条路似乎比小路长得多——边走边观察着。森林里一片寂静。当她走到海湾边时，看到了推土机在海水衬托下的庞大身躯——它已开到了海滩边的草地上，然后滑进了路边的一个凹坑，扬起很多沙子，长满绿草的海岸温柔地让出一条路。不可思议的是，那头吞噬森林的怪物正以一种不自然的角度静静地躺在那里，一幅力量受挫的画面。机器旁边坐着埃米尔·埃尔斯特伦，正抽着烟。

“其他人都去哪里了呢？”索菲娅问。

“他们回去拿工具了。”埃米尔回答。

“什么工具？”索菲娅问。

埃米尔说：“好像你懂机器一样。”

索菲娅走过草地，踏过那些坚韧到能经受住暴风雨考验的绿色草丛——它们只是伏低了一点，继续编织着它们茂密的根须。奶奶等在岬角那儿的小船旁。“多厉害的机器啊！”索菲娅心想，“她一定会大吃一惊的。就像上帝摧毁了罪恶之都蛾摩拉一样。以后坐车来要比走路有趣多了。”

仲夏节

他们家有一个从来都不太亲近的朋友，那就是埃里克松。他会开船经过，或者本打算过来拜访，但最终还是没来。甚至有几年夏天，埃里克松会跑到靠近小岛的某个地方，但也没想过要来拜访。

埃里克松个子不高，但很结实，肤色如土地一般，只有一双眼睛是蓝色的。每当人们提起他或者想起他，都会下意识地抬头望向大海。他总是不走运，经常遇到恶劣天气或者发动机故障之类的问题。渔网要么撕开大口子，要么缠在螺旋桨里，鱼群和鸟群也不在他预期的位置出现。如果他赶上了丰收，鱼价又会下跌，事情总是这样不如意。但除了那些可能影响生计的日常麻烦之外，他还经历过其他意想不到的事情。

家人们早就心照不宣地看出来，埃里克松不太喜欢捕鱼、打猎或开摩托艇。他喜欢的东西很难说清楚，但完全可以理解。他的思绪和突发奇想就像海风在水面上刮来刮去，令人捉摸不透，他也一直生活在持续不断的兴奋状态中。

在海上总会发生一些不寻常的事件，比如，东西会在夜晚随风向变化而落入大海，四处漂流。你需要有经验、想象力和不懈的警觉才能跟踪它们。简单来说，需要嗅觉。

大事总是发生在远处，时间是问题的关键。而附近岛屿上通常只有一些小事发生，但也需要处理，都是夏季的来客突然想到的一些奇怪的差事。比如，有人想把一根船桅立在屋顶上，另一个人想要一块重达半吨的石头，而且必须是圆石头。只要愿意花时间，就可以找到任何东西，也就是说，他要能腾出寻找的时间，而在寻找的过程中，他是自由的，这样他会找到完全没有预料到的东西。有时，人们的想法是很好预测的，比如他们在六月想要一只小猫，到九月一日又希望有人淹死他们的猫。有些人就这么做了。但有时候，人们会有梦想，想拥有他们可以留住的东西。

埃里克松是实现这些梦想的人。没有人确切知道他为自己找到了什么，也许他得到的比人们想象的要少得多。但他还是坚持着，也许是为了寻找而寻找。

埃里克松的神秘和迷人之处在于，他不谈论自己，似乎根本没有这种兴趣。他也不谈论别人，因为他对别人不怎么感兴趣。他不太常见的拜访可能会发生在任意时间，但也不会停留太久。根据他到达的时间，他可能会喝杯咖啡或吃顿饭，或只是礼貌地喝一杯，之后就安静下来，显得有些不自在，这时他会倾听别人，然后离开。但只要埃里克松在场，他们都会全神贯注地听他说话；没有人做其他事情，也没有人看其他东西，只关注着埃里克松。大家会注意听埃里克松说的每一句话，等到他离开了，实际上也没说出些什么，但大家仍旧会在心里琢磨他刚刚未说出口的话是什么。

埃里克松会在黎明路过时把一些礼物扔上岸，可能是一条小鲑鱼或几条鳕鱼，也许是包在纸箱里的一株根上带着泥土的野玫瑰,或者是一块写着“船长室”的铭牌、一个精美的金属盒子或带有商标的玻璃浮球。大家会支付微不足道的金钱以酬谢其中的许多礼物，这是家人们唯一的机会，可以尝试给他们的梦想估价。而实现梦想需要消耗大量汽油。

索菲娅非常崇拜埃里克松。他从来不问她在做什么，也不问她的年龄。但他跟她打招呼的态度和跟其他人的一样严肃认真，告别的方式也一样——微微点头，不带一丝笑容。他们陪着他走到船边。这艘船又大又旧，很难发动，但只要发动就能运行。他没有特别保养这艘船，船底的积水中漂浮着各种垃圾，船舷上沿也裂开了。但所有设备都运转良好。他在发动机气缸上煎鱼，然后睡在他爷爷用海豹皮做的睡袋里，泥土、海藻、鱼鳞和沙子一路上追随着他。船尾的渔网、诱饵和猎枪整齐地摆放着，但只有上帝知道船头堆着的箱子和麻袋有何意义。埃里克松把系绳甩上船，然后开船离开。螺旋桨在水底欢快地发出几下突突突的声音，它已经习以为常，能够承受大部分情况，然后埃里克松就出发了。他离开时从不挥手。他的船也没有名字。

仲夏节前不久，埃里克松靠岸，把一个箱子拖到岩石上。他说："这是我刚换回来的一批烟花。如果没问题的话，我会在约翰娜之夜那天上岸，看看效果怎么样。"他让发动机继续运转着，说完就向后退，直接离开了。箱子湿透了，所以一家人把它放在炉子旁边。

仲夏节变得比以往更加重要。奶奶用费罗牌清洁剂把炉子擦黑擦亮，然后把炉门漆成银色。所有的窗户，甚至窗帘都被清洗了一遍。当然，没有人指望埃里克松会察觉到他们所做的一切，因为他从不注意室内的东西。但他们还是打扫了房子，只是因为他要来。在那个重要日子的前一天，他们采集了桦树枝、楸树枝和铃兰，比较大的几座岛上蚊子非常多。他们在沙子上抖掉了蚜虫和蚂蚁，然后回家。小屋变成了有绿叶遮阴的凉亭，从房内到房外，每根桦树枝都立在自己的水桶里。现在是六月份，几乎所有采来的花都是白色的。

奶奶在琢磨是否应该邀请亲戚一起过约翰娜之夜，但大家都认为这样做不太合适，对埃里克松尤其不合适。他一向喜欢只身前来，就这样一个人待着，直到他觉得到点该离开了。

仲夏夜那天的清晨，刮着强劲的北风。一直到中午开始下起了雨，大家在岬角那儿搭了篝火，爸爸在篝火上铺了一张油布。不出意料，油布被风吹到了水里。于是他又拿出一瓶汽油，放在一棵树后，因为仲夏节要是点不上篝火会有些丢脸。这一天过得很慢，风也没有变大。爸爸在桌前工作，而他给埃里克松的烟花搭建了一个发射台，摆在门廊上，发射支架斜斜地向上方指着。

他们摆好了四个人用的餐桌。埃里克松可以吃到鲱鱼、猪肉、土豆和两种蔬菜。此外还有糖水梨。

“他不吃甜点，”索菲娅紧张地说，“他也不吃蔬菜，因为他说那些都是草。你知道的。”

“是的，是的，”奶奶说，“但这样看起来好看。”

调香烈酒*在地板下的地窖里，他们还准备了牛奶。埃里克松最多只喝一杯或两杯调香烈酒，只是为了应景，但他确实喜欢喝牛奶。

“把餐巾拿开。”索菲娅说，“放这个太傻了。”

奶奶拿走了餐巾。

整整一天，风都刺骨地吹着，但风力并没有增强。中间还下起雨来。燕鸥在岬角上尖叫着，天色已近傍晚。

奶奶想起，在她年轻时，仲夏节的天气和现在大不相同。没有微风，甚至没有一丝风。花园里鲜花盛开，他们有一根仲夏节花柱，上面绕满花环，一直延伸到顶部的小旗帜。唯一可惜的是，从来没有风。我们也从没有篝火。为什么我们不点篝火呢……她躺在床上，仰望着绿意盎然的桦树枝，渐渐睡着了。

突然，有人大声喊叫，门砰地关上了，房间顿时一片漆黑，因为仲夏夜不允许点灯。奶奶坐了起

---

* 一种源自瑞典的传统烈酒，添加香草或水果来调味。

来，意识到一定是埃里克松来了。“快点！”索菲娅喊，“他不想吃饭！我们马上就出发了。赶紧穿点保暖的衣服，他催得很急！”

奶奶踉踉跄跄地站起来，找到了自己的毛衣、保暖裤和拐杖，最后一刻，她将卢帕特鲁塞进口袋里。其他人跑来跑去，她听到埃里克松的发动机在岸边轰鸣。外边山上反而亮一些，风向西转，下着舒服的毛毛雨，奶奶突然完全清醒了。她独自走向海边，登上船。埃里克松没有向她打招呼，他警惕地望着海面，直到出发也没说一句话。奶奶坐在甲板上。随着船的行驶，她透过栏杆瞥见连绵起伏的海浪，她看到沿着北边的海岸，第一批仲夏节篝火点了起来。但篝火不是很多，在雨雾中几乎无法辨认。

埃里克松驾船直奔南边的外礁石岛，其他船也朝同一个方向开，从黑暗中纷纷出来，像影子一般。灰蒙蒙的海面上漂浮着装有漂亮圆瓶的箱子，波涛汹涌的大海映衬出箱子顶端的黑色边缘，同为黑色的船只全速行驶，再减速将木箱子拉上船，然后快速驶过，打捞行动宛如一段体现精确平衡感的舞蹈。海岸警卫队开着大马力的船出现了，也在尽力打捞，对其他人视而不见。所有有船的人都驾船到

海上，没怎么搭理彼此。埃里克松掌舵，索菲娅的爸爸探出栏杆把箱子拉上船，他们加快速度，避免任何多余动作，一秒钟都不浪费，最终，他们配合完美，看起来赏心悦目。奶奶一边欣赏着这一切，一边将这一刻深深记在心里。这时，越来越多的约翰娜之夜祝福被投到了芬兰湾的海浪里。在远处的内陆，几发烟花无力地升到空中，梦想家们在仲夏灰暗的天空中射出了他们的光之箭。索菲娅则在地板上睡着了。

所有物品都被打捞上来了，有些落到了正确的人手中，有些则没，但没有东西被弃在一边。清晨时分，临时舰队解散了，船只分散开，朝着自己的方向启程，渐渐远去。黎明时分，海面上空荡荡的。风停了，雨也停了，天气异常寒冷，一个清澈美丽的仲夏早晨在天空中绽放出绚丽的色彩。当埃里克松停靠在小岛上时，燕鸥开始尖叫，他让马达继续运转着，等大家下了船便立刻出发。

有一瞬间，爸爸以为埃里克松可能会和他们分享打捞来的战利品，但这个念头一闪而过。他为每个人做了三明治，并把埃里克松的烟花木箱拖到门廊上。他把烟花装进发射器。第一枚没有点着，第二枚也没成功……它们都没有点着，因为它们都被水弄湿了。只有最后一枚点着了，直直飞向日出的地方，洒下蓝色的星雨。燕鸥再次尖叫，约翰娜之夜就这么结束了。

为了确保没遗漏任何东西，埃里克松又开船返回南边。

帐篷

索菲娅的奶奶年轻时是一名童子军领袖。事实上，在那个年代，小女孩们被允许加入童子军，奶奶功不可没。她们永远忘不了过去共同度过的快乐时光，因此经常给奶奶写信，提醒她这样或那样的小插曲，或者引用一段她们在篝火旁唱过的歌曲。奶奶认为这些已是陈年往事，这些老女孩有点过于多愁善感，但她仍旧对她们怀有友好的思念。后来她还觉得童子军的规模变得太庞大，失去了它的个性，然后她完全忘记了它。奶奶的孩子们从未参加过童子军，没人有时间，也没人提起过这个话题。

有一年夏天，索菲娅的爸爸弄了一顶帐篷，搭在峡谷里，这样如果家里拜访的人太多，就可以躲进去。帐篷很小，只能爬着进去，如果靠近些躺下，帐篷能容下两个人。但是帐篷内不允许点蜡烛或油灯。

“这是一顶童子军帐篷吗？”索菲娅问。

奶奶哼了一声，说：“我们的帐篷都是自己缝制的。”她说着，回想起那些帐篷的样子，又大又结实，灰褐色，爸爸这顶只是个玩具，给门廊上的客人玩的明黄色玩具，根本没什么用。

“这不是童子军的帐篷吗？”索菲娅焦急地问。

奶奶说：“也许是，但这是一顶很现代的帐篷。”然后她们爬进去，紧挨着彼此躺下。

“你现在可不能睡着，”索菲娅说，“你要告诉我当童子军是什么感觉，还有你做过的所有事情。”

很久很久以前，奶奶曾经想讲一讲她们做的每一件事，但当时没人费心去问。现在，她已经失去了这个兴致。

“我们会点篝火。”她简短地回答，突然间，觉得有些悲伤。

“然后呢？”

“木头能燃烧很久。我们围坐在一起，户外很冷。我们还会喝汤。”

“真奇怪啊，”奶奶思索着，“我描绘不出来了，找不到合适的词语，也许是我没努力想。那都是很久以前的事了，当时你们都还没出生呢。除非是在我自己想说的时候说出来，否则它就好像从来没发生过，被搁置在一边，最终就弄丢了。”她坐起来说："有些事情我记不太清楚。但你应该挑一天试试在帐篷里过夜。"

索菲娅把她的床品搬进帐篷里。夕阳西下时，她关上小木屋的门，轻声说了声再见，独自一人走到峡谷边。那天晚上，峡谷成了一个被上帝、人类和童子军遗弃的荒凉之地，她面临着一整夜的荒野生活。她拉上帐篷的拉链，然后躺下，拉起被子盖到下巴。黄色的帐篷在夕阳的照耀下闪闪发光，瞬间变得可爱又渺小。无人能窥视其中，也无人能从中窥探外界，她被裹在一个光明且宁静的茧子中。太阳下山后，帐篷变成了红色，她沉沉入睡。

夜晚变得漫长，当索菲娅醒来时，除了一片黑暗，她什么都看不见。一只鸟尖叫着从峡谷飞过，先是在近处，随后声音在远处消失。这是一个无风的夜晚，但她还是能听到大海的声音。峡谷里没有人经过，碎石却仿佛被人踩过一样发出声响。帐篷融入了夜色，她仿佛就躺在旷野。这时有更多鸟儿以不同的方式鸣叫，黑暗中充满了各种奇怪的动静和声音，让人无法解释和分辨，甚至根本无法形容。

"哦，亲爱的上帝啊，"索菲娅说，"请别让我感到害怕。"说着她立刻开始思考如果害怕会怎么样。"哦，亲爱的上帝啊，如果我真的害怕了，请

不要让他们嘲笑我。”

那是她生平第一次真正倾听大自然。当她钻出帐篷、踏进峡谷时，她第一次明白大地在脚底和脚趾下的感觉——地面很冰冷、粗糙且地形异常复杂，并且随着她的行走而不断变化，有碎石、湿草和光滑的大石头，有时还有像灌木丛一样高的植物轻拂过她的双腿。地面黑乎乎的，但天空和海面上透出微弱的灰色光芒。小岛变得渺小，仿佛一片漂浮的树叶停留在海面上，但客房的窗户仍透出一道光。索菲娅轻轻敲响门，因为这时任何声音都会显得极为吵闹。

“情况怎么样？”奶奶问。

“很好。”索菲娅回答。她在床脚坐下，环顾台灯、渔网和挂在墙上的雨衣，牙齿不再打战，她说：“一点风也没有。”

“确实，”奶奶说，“风平浪静。”

奶奶有两条毯子。如果把其中一条铺在地毯上，再加一个垫子，就能变成一张床了。这同回小屋不一样，这几乎就像是在户外了。不对，这是在室内啊。不过，即使她不是一个人睡在帐篷里，多少她也算曾经在户外睡过觉。

“今晚鸟儿真多。”奶奶说。

还有一个办法，就是带一条毯子，睡在紧靠小屋墙壁的门廊上。这既是户外，又是独自一人。哦，亲爱的上帝啊。

奶奶说：“我睡不着，就开始想一些悲伤的事情。”她从床上坐起来，伸手去拿烟。索菲娅习惯性地把火柴递给她，但她心不在焉。“你有两条毯子，是吧？”她问。

“我的意思是，”奶奶说，“过去的一切似乎都变得微不足道，它们悄悄溜走了，曾经那么有趣的事情竟然没有任何意义了，真是可悲。从某种程度上来说，我感觉被欺骗了。你至少应该可以谈谈它们啊。”

索菲娅又开始浑身发冷。尽管她很小，并不适合在帐篷里睡觉，但他们还是让她睡在一顶帐篷里。他们对她的感受一无所知，就这么把她一个人留在峡谷。“是这样吗？”她愤怒地说，“你说的这些已经无趣的事情是什么？”

“哦，”奶奶说，“我只是想说，当你像我这么大年纪时，有很多事情就没法做了……”

“当然不是这样。你一直什么都做。我们做的事情是一样的！”

“等等！”奶奶不高兴地打断她，“我还没有说完呢！我知道我什么都做。很长时间了，我都尽可能去理解、去生活，真是难以置信，我告诉你，太难以置信了。但现在，我感觉一切仿佛都从我身边溜走了，我记不得，也不在乎，然而现在我却需要这份记忆！”

“你不记得什么了？”索菲娅担心地问。

“睡在帐篷里的感觉！”奶奶大声说。她掐灭烟头，躺下盯着天花板。“在我的国家，”她慢慢地说，“女孩们以前是不被允许睡在帐篷里的。是我让她们能在帐篷里睡觉，这事不容易。我们度过了一段美好的时光，但现在我却没法向你形容那种感觉。”

鸟儿再次尖叫起来——一大群鸟儿飞过，不停地叫唤着。因为灯光的关系，窗外的夜色比实际的夜晚更黑暗。

“现在我来告诉你那是什么感觉。”索菲娅说，“你能更清楚地听到一切声音，而且帐篷很小。”她想了一下，继续说，“那儿让人感觉非常安全。能听到所有声音也很好。”

“是的，”奶奶说，“你在外面能听到一切声音。”

索菲娅意识到自己饿了，于是拉出了床底下的食物箱。她们一起享用了脆饼干、糖和奶酪。

“现在我有点困了，”索菲娅说，“我想我得回去了。”

“去吧。”奶奶答道。她熄掉了油灯，客房在初始的黑暗过去后又重新明亮起来，可以清楚地看到周围的每一样东西。索菲娅走出去，关上房门。等她离开后，奶奶蜷在毯子里，努力回忆起过去的情景。她现在终于记起来了，很多东西都记起来了。回忆的画面接连浮现在眼前，越来越多。黎明了，天很冷，但她在温暖的包裹中，沉沉地睡着了。

邻居

一位商人在斯克伦莫斯赫岛*上建了一座房子。起初，人们对此保持沉默，因为多年以来，他们养成了一个习惯，对这类事情保持沉默，以减轻不快。然而，他们对这座别墅非常关注。

住在岛上的人经常扫视地平线。他们会看到熟悉礁岛的轮廓，以及一直立在同一个位置的航标。清晰的视野和一切各就各位的样子让他们保持平静。但现在，视野不再是一览无余的了。一座巨大的方形别墅挡住了视野，这是一个新的、具有威胁性的地标，他们视为己有的地平线上出现了深深的切口。这片无名的礁石曾是岛屿通向大海的门户，却被赋予了一个奇怪的名字，还封闭了潟湖。最糟糕的是，他们不再是住在最远处的一家人了。

---

* 该岛位于芬兰湾内，赫尔辛基以东约 44 公里处。

他们与新邻居之间的距离不到一海里。也许这个邻居很善于交际，他可能喜欢社交，还有一个热闹的家庭，可以听到他们一家在山上踢踏着青苔，放着收音机，说个不停。这样的事情频繁发生，无处不在，并且离内陆越来越远。

一天清晨，工人们钉上了铁皮屋顶，伴随着海鸥和燕鸥的尖叫声，就这样房子有了一个巨大的、闪闪发光的屋顶。别墅完工了，工人们乘船离开。除了等待主人的到来，没别的事情可做。但日子一天天过去，主人却迟迟未到。

这周周末，奶奶和索菲娅决定划小平底船，去水上转一圈。当她们到达鲈鱼栖息地时，决定前往克内克特礁岛寻找海藻。一旦进入克内克特礁岛后面的潟湖，只需轻轻划几下船就能到达斯克伦莫斯赫岛。那里没有码头，只有一道高高的碎石堤坝。在碎石中间，主人竖了一块大牌子，上面写着黑色的大字："私人领地，禁止擅入。"

"我们上岸去。"奶奶说。她非常生气。索菲娅看起来有些害怕。"这有很大区别。"奶奶解释说，"没教养的人才会趁主人不在家的时候上岸。但如果他们竖了牌子，那你就直接上去，因为这是侮辱人呢。"

"说得对。"索菲娅说，她又扩充了生活经验。

她们把船系在这块牌子上。

“我们现在所做的是示威。”奶奶说，“是在表达抗议。你明白吗？”

“抗议，”孙女重复了一遍，诚实地补充道，“有了这块牌子，这里永远不会成为好码头了。”

“对，”奶奶同意，“而且他们把门的地方开错了。刮西南风的时候，他们根本开不了门。再看看他们的水桶。哈哈，果然是塑料的。”

“哈哈，”索菲娅说，“果然是塑料的。”

她们走近别墅时，感觉到小岛已经变了。小岛失去了原有的野性。它变得更加低矮、平坦，看起来只是一片普通又有些局促的土地。尽管岛上的植被没有被破坏——主人在石楠和笃斯越橘丛上修建了宽阔的栈道，非常小心地不去破坏植被。灰色的刺柏丛仍然没有被修剪掉。然而，无论如何，小岛还是变得平坦了，因为本来这里不适合造房屋。从近处看，别墅建得相当低矮，在高地上看，它可能很漂亮。在任何其他地方，它都会显得漂亮，但在这里却不。

她们走上了屋子前的露台。屋檐下挂着一块雕刻精美的牌子，上面刻有别墅的名字——“斯克伦莫斯赫岛别墅”，看起来就像老地图上用来标地理位置的花体字。门上挂着两盏新的船灯和一只抓钩，一边是刷过新漆的红色救生圈，另一边则是摆放整齐的玻璃浮标。

“一开始都是这样的，”奶奶说，“他以后会懂的。”

“懂什么呢？”索菲娅问。

奶奶沉思了片刻，然后重复道：“他会懂的。”她走到几乎占据整面墙的百叶窗前，试图从缝隙往里看。百叶窗上有挂锁，门上则是阿布罗伊公司的锁。奶奶拿出她的多用小刀，展开螺丝刀刀片。挂锁上的黄铜螺丝很容易就拧下来了。

“我们这是非法入室吗？”索菲娅小声问。

“嗯，你觉得呢？”奶奶回答，“当然，一般情况下我们不应该这么做。”她打开一扇百叶窗板，向里张望。这是一个宽敞的、带壁炉的房间。壁炉前放着低矮的藤椅，椅子上摆满了靠垫，桌子是用厚玻璃制成的，玻璃下面贴着色彩鲜艳的标签。索菲娅觉得这个房间很漂亮，但她不敢说出来。“这是一幅暴风雨中的全帆装船的画。”奶奶边看边想，“还镶了金边。地图、望远镜、六分仪。船模、风速计。简直就是一座海事博物馆。”

“他有一幅大油画。”索菲娅不确定地说。

“是的。非常大。他所有的东西都很大。”

她们背对着房子坐在露台上，俯瞰着长长的小岛，小岛立刻显得荒凉又孤寂起来。

“无论如何，”索菲娅说，“他不知道如何处理垃圾。他不知道在把垃圾沉进大海之前必须把所有的罐子和瓶子都装满。他的垃圾到时候都会跑到我们的海滩上，还会缠到我们的渔网上。他所有的东西都太大！”

她们没仔细听，这时候才听到发动机的声音。声音越来越近，先是轰鸣声，后来变成了咕噜声，然后戛然而止。接着四周一片寂静，充满了紧张和可怕的寂静。奶奶赶紧站起来说：“去看看，但不要被他看见。”索菲娅爬到杨树下，回来时脸色苍白。“是他回来了，是他，”她急切地低声说，“是主人回来了！”

奶奶震惊地四处张望，先朝一个方向迈出几步又退了回来，害怕得不知所措。“不要被他看到，”她反复嘱咐，“观察他的行动，但不要暴露自己！”

索菲娅再次趴在杨树下。主人用撑杆把船靠向陆地，那是一艘红木制成的船，船体上有一根天线；船头的甲板上站着一只狗和一个身穿白衣的瘦弱男孩。他们同时跳上了岸。

“他们发现我们的船了，”索菲娅小声说，“他们来了！”

奶奶迈着急促的小碎步向小岛内走，拐杖猛地戳进地里，震起了鹅卵石和青苔。她的身体僵硬得像块木板，嘴巴紧闭。这是一种纯粹又原始的逃跑方式，但她想不出更好的办法。索菲娅跳到前方，转身回到她身边，围着她绕圈。在别人的岛上被发现是一件极为羞耻的事情，她们已经堕落到无法饶恕的地步。

此刻，她们已经来到了岛另一侧的灌木丛中，索菲娅钻进云杉下，消失不见了。“快点！”她火急火燎地喊，“快点，你快点爬！”奶奶不假思索地、盲目地跟着她爬，头晕乎乎的，感觉有些不舒服，因为她从来都不喜欢匆忙。她说：“这真是太荒唐了。”

索菲娅低声说：“我们必须这样做。等天黑了，我们就溜到船里回家。”

奶奶一点一点挤进云杉的下面，那棵树揪着她的头发，她一言不发。不一会儿，她们听到了狗叫声。

“是他们的猎犬，”索菲娅在奶奶耳边说，“我没告诉过你他们有一条猎犬吗？”

“没有，你肯定没有说过，”奶奶生气地说，“不要对着我的耳朵嘘声，事情已经够糟糕了。”

狗叫声越来越近。当狗看到她们时，叫声高了一个八度。它又小又黑，既激动又害怕，整个身体都在颤抖，似乎心情复杂。

“好孩子，”奶奶安慰道，“小杂种，闭嘴！”她从口袋里找出一块方糖，扔了过去，狗一下子变得歇斯底里。

“里面的朋友！”主人喊。他四肢着地，从树下探进来张望。“狗不危险！我叫马兰德，这是我儿子克里斯托弗，大家叫他托菲。”

奶奶爬到前面说：“这是我的孙女索菲娅。”她的举止非常庄重，尽量小心地把松针从头发上摘下来。小狗试图咬她的拐杖。马兰德先生解释说：“这只狗只是想玩，它的名字叫德里拉。德里拉想让您把拐杖扔出去，这样它就能捡东西了，您懂的。”

“是这样吗？”奶奶问。

屋主人的儿子脖子细长，头发也长，努力表现得高人一等。索菲娅冷冷盯着他。马兰德先生彬彬有礼地请奶奶挽着他的胳膊，他们缓缓穿过石楠丛往回走。他告诉奶奶，他怎样用一种简约的群岛风格建造了小屋，因为这正是他想要的，还说要在大自然中回归真正的自我，另外现在他们是邻居了，不是吗？她们不就住在旁边的小岛上吗？索菲娅抬起头，然而奶奶的表情却显得深不可测，她回答说他们已经在岛上生活了四十七年。这让马兰德为之动容，他的语调一下子变了，开始谈论大海，称他多么喜爱大海，大海永远坚守本色，随后有些尴尬，便陷入了沉默。他的儿子开始吹口哨，在去露台的路上像踢足球般踢着松果。到了露台，长凳上还躺着那把锁，旁边是拧下来的螺丝。“哈哈，”马兰德的儿子说，“贼。典型的窃贼。”

爸爸的脸色有些苦恼，他摆弄着门锁说，他从没想过会发生这种事情，尤其是沿海居民，他一直很钦佩住在礁岛上的人……

“她们可能只是有点好奇。”奶奶急忙说，“你看，人们对你这个到处都封闭起来的地方感到好奇，因为他们不习惯……把钥匙挂在钉子上，让它开着，这样会好得多，比如说……”她的思路开始混乱起来了。索菲娅的脸涨得通红。

出于邻居间的友好，他们一起进屋准备吃点茶点。“欢迎来我们的家。”托菲·马兰德说，“您先请。”随着一扇又一扇百叶窗被打开，偌大的房间里充满了阳光，马兰德先生解释说这是一扇观景的落地窗，并请她们坐下来，随意一些，他去拿些饮料。

奶奶坐进一把藤椅里，索菲娅手抓着椅背，眼睛在刘海下偷偷张望。

“别看上去那么不高兴。”奶奶小声说，“这就是社交，你必须学会怎么做。”

马兰德捧着酒瓶和酒杯走了进来，把它们放在桌子上。“白兰地。还有威士忌，”他说，“但我肯定您更喜欢柠檬汁吧？”

“我很喜欢白兰地。”奶奶回答，“请来一小杯，不要加水。谢谢。索菲娅，你想喝什么？”

“不要酒！”索菲娅在她耳边咝咝地说。

“索菲娅喜欢喝柠檬汁。”奶奶说。她心里想着，我们必须教她一些社交礼仪。我们犯了个错，她得尽早认识到必须与自己不喜欢的人相处。

他们互相举杯示意，马兰德问：“这个季节钓鱼有收获吗？”

奶奶回答说，他们只用渔网，能在海滩附近捕到一些鳕鱼、鲈鱼，有时也能捕到白鲑鱼。马兰德解释说，他其实并不喜欢钓鱼，他喜欢的是未被开发的原始的大自然，换言之，他喜欢通常意义上的荒凉僻静之地。他的儿子有些不好意思，把手尽可能地插进紧身裤的口袋里。奶奶说：“僻静之地，是啊，确实，那可是一种奢侈啊。”“让人精神振奋，”

马兰德说，“不是吗？”

奶奶回答：“没错，但一个人和别人在一起，也能找到僻静之地，尽管这比较困难。”

“是的，是的，当然。”马兰德警觉地说，有些含糊其词，随后很长一段时间大家都没说话。

“糖！”索菲娅低声说，“好酸！”

奶奶说：“我孙女想在饮料里加点糖。”她又对索菲娅说：“别总把头发往我脖子上蹭，坐下。别对着我的耳朵吹气。”

托菲·马兰德宣布要在岬角上钓几竿，他从墙上取下钓竿和线轴，然后离开了。

“我也喜欢孤岛。”奶奶说得相当大声。

“他只有十六岁。”马兰德说。她问他家有几口人，他回答说有五口人，还有几个朋友和帮佣，突然他看起来有些沮丧，建议她们再来一杯。

“不，谢谢，”奶奶说，“我想我们该回家了。你的白兰地很不错。”出门时，她停下来看了看窗边的贝壳，他说：“这些贝壳是我为孩子们收集的。”

“我也收集贝壳。”奶奶回答。狗在外面等着，做出假装咬拐杖的动作。奶奶说：“索菲娅，扔点东西给狗。”索菲娅扔出一根木棍子，小狗立刻捡了回来。“干得漂亮，德里拉！”索菲娅说。别的不谈，她能学会记住别人的名字，这也是一项很宝贵的社交技能。

马兰德在岸边告诉她们，那里以后会建造一个码头。奶奶建议他使用绞盘和绞车，或者拖船和浮标作为替代方案，因为那个地方结的冰会破坏码头。她心里想着："又来了。每回我一累，就喜欢管闲事。当然，他肯定希望建造一个码头，每个人都不例外，我们也干过。"船桨反向放在船上，被系绳缠住了，她们晃晃悠悠、手忙脚乱地划着船离开了。马兰德沿着海滩走，跟着她们一路走到岬角，然后挥舞手帕向她们告别。

在她们划了一段后，索菲娅说："哎呀哎呀。"

"你哎呀哎呀是什么意思？"奶奶问，"他只是想一个人待着，但他还不明白。"

"什么意思？"

"无论如何，他还是要建他的码头的。"

"你怎么知道？"

"亲爱的孩子，"奶奶不耐烦地说，"每个人都有他们自己的错误要犯。"她感到非常疲惫，想赶紧回家，这次的拜访让她感到悲伤。马兰德有一个想法，并试图去实现它，但这需要时间。有时候，当你看清某件事时，已经太晚了，而你没力气从头开

始了，或者在看清之前就把想法忘了，却不自知。

奶奶划船回家时，目光落在截断地平线的那座大房子上，她觉得它就像一个航标。如果眯起眼睛，想点别的事情，这座房子和一个航标也差不多，像是告诉你需要改变航向的标志。

每次遇到风暴，她们都会想起马兰德，并试图想出办法，救他的船。马兰德从未回访过她们，因此他的房子便成了一个令人难以忘怀的地标，引人深思和自省。

浴袍

索菲娅的爸爸有一件非常喜欢的浴袍。这件浴袍一直拖到他的脚面，是用很厚很硬的法兰绒做成的，经过盐水、泥土和别的东西长时间的洗礼，面料变得更硬挺了。浴袍可能是德国货，一开始是绿色的。浴袍的前襟上还保留着复杂精细的蕾丝花样，几颗巨大的深琥珀色纽扣还在原处。打开袍子，它就像帐篷一样宽。

最初，爸爸年轻的时候，经常在有暴风雨时穿着这件浴袍，坐在岬角边看海浪。后来，当他工作、取暖或就是想蔽体时，浴袍就派上用场了。

浴袍经常面临各种威胁。有一次，一些好心的亲戚来了，出人意料地去岛上打扫卫生。他们清理了很多一家人喜欢的东西，但最糟糕的是，他们把浴袍直接丢到海里，让它随海水漂走了。事后，他们声称浴袍很臭。它当然是臭的，这也是浴袍独特魅力的一部分。

气味是非常重要的，它能让你想起所经历的一切，是充满记忆和安全感的保护罩。浴袍上也有海滩和烟的气味，但也许他们没有时间去闻。无论如何，它又回来了。风吹着、变幻着、逆转着，海浪拍打着小岛，在一个晴朗的日子里，它们把浴袍带回了家。这之后，那件衣服散发着海藻的气味，那个夏天，爸爸几乎没有穿过其他衣服。然后到了来年春天，浴袍里竟然住进了一窝老鼠。领子本来镶着一种更柔软、更蓬松的面料，被它们咬了下来，和被啃烂了的手帕一起当作床上用品。有一次，爸爸在壁炉边睡得太死了，浴袍被烤焦了。

爸爸年纪大了以后，把浴袍放在了阁楼上。有时他会爬到阁楼上思考问题。于是，其他人就认为他肯定穿着浴袍在思考。它被放在阁楼南面的小窗户下，年复一年，不见天日，充满神秘感。

那个夏天，索菲娅经历了人生的叛逆期，屋外阴雨绵绵，冷飕飕的。出门不方便，她觉得不开心。所以她想爬到阁楼里，一个人待着。她坐在一个纸箱里，凝视着那件浴袍，嘴里念叨着一些可怕的、乱七八糟的东西，浴袍可没法表达反对意见。

其他时候，她会和奶奶一起玩牌。祖孙俩对作弊毫无顾忌，牌局之夜最后总是以争吵收尾。她俩之前从来没有这么吵过。奶奶试图回忆自己的叛逆期，以便理解对方，但她唯一记起来的，是一个异常乖巧的孩子。聪明的她马上意识到，人的叛逆期可以推迟到八十五岁再开始，于是她决定好好留意自己。天一直在下雨，孩子爸爸从早到晚都在工作，没时间进屋。她们不知道他是否听到了她们的争吵。

“耶稣啊，”索菲娅说，“你手里有一张老K，但你一个字都不说！”

“不许妄称上帝的名字。”奶奶回道。

“我没有说上帝，我说的是耶稣。”

“他就和上帝一样重要。”

“他肯定没有！”

“不，他肯定有！”

索菲娅把她的牌扔在地上，大喊：“我不关心他的家庭情况！我对任何人的家庭都不关心！”说罢，她爬上阁楼的楼梯，在身后砰地关上了活板门。

阁楼很低，必须匍匐才能进去。如果匍匐的时候不注意，脑袋会撞到椽子上。那儿非常挤，只有一条狭窄的走廊，周围是原来存着的、留着的或是被遗忘的东西，一直堆在那儿，连那些好心打扫的亲戚都没有发现。走廊位于南窗和北窗之间，椽子间的天花板被刷成了蓝色。索菲娅没有带手电筒，阁楼里很黑，走廊在月光下像是一条被遗弃的街道，横在一栋栋破烂的房子间，长得没有尽头。街道的一头是透着月白色夜空的窗户，窗户下躺着那件浴袍，很僵硬地叠在那里，在阴影下显得黑乎乎的。索菲娅“砰”的一声关上了活板门，这下没法退缩了。于是她继续往前爬，坐在纸箱子里。浴袍的一只袖子向前甩，搭在敞开的领口处，她盯着领口，一边注意到袖子凸起了一点，只是一个小小的动静——有小东西轻轻地钻进了浴袍里，往脚跟爬了过去。褶皱有了不易被察觉的变化，接着浴袍又一动不动了。但她看到了，那儿有东西，在浴袍里头，有活的东西。或许浴袍本身就是实实在在活着的东西。索菲娅用最简单的方式逃避沮丧和恐惧——她睡着了。当她被放到床上时，她仍在睡梦中，但到了早上，她想起了，有个危险的东西住在浴袍里。她不能让任何人知道这件事。她把这个令人震惊的消息藏在心里，几乎是窃喜了好几天。雨已经停了。她把乱七八糟的影子画了下来，月亮被她画得非常小，遗忘在广阔的黑色天空中。她没有给任何人看她的画。那个危险的家伙就藏在浴袍的褶皱里。它有时会到处移动，然后又悄悄爬回来。它受到惊吓时，会露出牙齿，这东西可比死亡更危险。

每到黄昏，索菲娅就走上梯子，只把鼻子伸进活板门偷偷往阁楼里看。如果她伸长脖子，可以看到浴袍的一个小小的角。

“你在做什么？”奶奶问。

“你别多管闲事！”索菲娅用她最恼人的声音大叫。

奶奶说：“把活板门关上，里面漏风。出来做点什么吧。”她转身对着墙，继续看她的书。这两人都开始不可理喻，已经没法继续相处了。这说明她们没有用正确的方式吵架。外面的天阴云密布，风势渐强，爸爸仍旧伏案工作着。

索菲娅越来越放不下浴袍。住在里面的东西移动的速度像闪电一样快，但又可以保持潜伏的状态，假装一直不动。它可以把自己变瘦，然后从门缝里溜出来，再蜷缩起来，像一道影子爬到床底下。它不吃也不睡，还讨厌所有人，尤其是它家里的人。索菲娅也不吃东西，最多就只吃三明治而已。尚不清楚黄油和面包都被吃光算不算她的错，但有一天吃完后，爸爸要去商店买新的补上。他把水壶还有装煤油和汽油的罐子放在船上，拿着墙上的购物清单就走了。他走的时候刮的是西南风，几个小时后，

Tove

风力变强了，波浪直冲岬角。奶奶想通过收音机了解天气情况，可惜找不到对的按钮。她忍不住过几分钟就去北面的窗户看看，至于书里的内容，她一个字都看不进去。

索菲娅去了趟海边，回来后坐在桌前。“你能做的就只是读书。”她说。接着她抬高嗓门喊：“你就知道读、读、读！”说完立马趴到桌子上，哭了起来。

奶奶坐直起来说：“他会安全回来的。”她觉得有点不舒服，伸手到窗帘后摸她的药。索菲娅继续哭,但她埋在胳膊下哭的时候,眼睛偷偷观察着奶奶。“我也觉得不舒服！”她尖叫着，乱蹦乱跳，在地毯上吐了出来。吐完她安静了，在床边坐了下来。

“躺下。”奶奶说,于是她便躺下。两人都躺下了，听着屋外的风狂暴地一阵阵袭来。

“在小镇的话，”奶奶说，“买东西得在商店里等很长时间——那儿总是排队，大家也都很随意。店员要去码头帮你把汽油和煤油加满。然后你还要去门廊上收邮件，从一大堆信里找出属于你家的。如果有汇票，得到小屋里盖章，这样就意味着你还要喝一杯咖啡。最后还得缴纳账单。这一切加起来可能需要很长时间。”

“然后呢？”索菲娅问。

“然后所有东西都要运上船，”奶奶继续说，“必须把它们收好、盖好，以免弄湿。在路上的时候，他还会想到采点花，然后再给马儿喂点面包。面包袋子都快见底了……”

“我三明治吃太多了！”索菲娅大叫一声，又开始哭了，“我快冻僵了！”

奶奶试图用毯子盖住她，但孩子把毯子踹开，双腿乱踢，尖叫着喊她讨厌所有人。

“安静！”奶奶喊，“安静！否则我就吐在你身上。”这下索菲娅彻底静下来了。过会儿她说：“我想要那件浴袍。”

“但那东西在阁楼上。”奶奶说。

“我就想要那浴袍。”孙女回道。

奶奶只好爬上阁楼的楼梯，还挺顺利。她爬到窗前拿起浴袍，把它拖回活板门，然后扔进主屋里，坐着休息了一会儿，晃了晃腿。她已经很久没有上过阁楼了，她瞅了瞅箱子上的标签：绳子、鱼竿、罐子。这儿有各式各样的东西。还有一些破布头和几条旧裤子。这些标签是她自己写的。之前他们把天花板刷成蓝色，但是油漆里掺的胶水太少，结果已经开始剥落了。

“你在做什么？”索菲娅喊，“觉得不舒服吗？”

“没有，”奶奶的声音从活板门里传出来，“我感觉好多了。”她非常小心地把一条腿放下，踩上一级梯子，再慢慢地转过身来，把另一只脚也踩在上面。

“慢点！”索菲娅在下面喊。她看着奶奶迈着僵硬的双腿下了一级又一级梯子，最后终于到达地面。奶奶捡起浴袍，走到床前。

“你得先抖一抖，”索菲娅说，“这样它就出来了。”

奶奶不明就里，但她照着孙女说的抖了抖袍子。果然有个小东西从袖子里滑了出来，消失在门缝里。浴袍的味道和以前一样，同时袍子很沉，仿佛一眨眼就能搭建起一个幽暗温暖的洞穴。索菲娅快要睡着了，奶奶坐在北面的窗户前继续守候。风呼呼刮着，太阳正要下山。她是远视眼，在小船靠岸的半小时前就看到了它，船身周围是白色的泡沫胡须，它们不规律地出现着，有时会完全不见。

在船停到岛屿的背风处后，奶奶躺在床上闭上了眼睛。几分钟后，索菲娅的爸爸进了小屋，全身都湿透了。他把袋子放下，点上了他的烟斗。然后他提着灯，出去给它添点煤油。

大塑料香肠

索菲娅知道海里的一些非常小的岛上没有土壤，只有一层草皮覆盖着。这层草皮中夹杂着海藻、沙子和大量的鸟粪，这就是它能在岩石间茁壮生长的原因。每年有几个星期，鲜花会在岩石的缝隙中绽放，颜色比其他地方都要鲜艳。然而，居住在内陆的绿色岛屿上的可怜人，只能靠自家平平无奇的花园来安慰自己，让孩子们在花园里除草浇水，直到累弯了腰。然而，一个小岛却恰恰相反，它可以靠自己生长。它从雪水、春雨，还有露水中获取水分。如果旱季到来，小岛就会等到明年夏天再开花。它们已经习惯了静静地扎根在这片土地上等待。“没有必要对这些鲜花感到内疚。”奶奶说。

第一个冒出头的是岩荠，只有几厘米高，但对生活在船上的水手们来说，它至关重要。接下来，大约十天后，在航标背风处冒出头来的是继母花。

索菲娅和她的奶奶经常去观察这种花，有时它们在五月底就开花，有时则要等到六月初。她们会长时间地观察它。索菲娅问为什么它这么重要，奶奶回答："因为它是最早开的花。"

"不，它不是。它是第二早的。"索菲娅说。

"但它总是长在同一个地方。"奶奶说。孙女则觉得其他花草也是如此，差不多都是在同一个地方，但她没有再说什么。

每天，奶奶都会绕着岛屿走一圈，观察地上又冒出了什么东西。如果她发现一块被连根拔起的苔藓，她会将其插回原来的洞里。由于奶奶坐下后再起身较为困难，所以她现在能非常熟练地使用拐杖。她拖着僵硬的步伐缓慢前行，就像一只胖胖的鹬，还经常停下来，转过头四处看看，留意周围的情况，然后再继续向前。

不过，奶奶并不总是完全按逻辑办事。尽管她明白对于能够自给自足的小岛来说，人们没有必要感到内疚，但当旱季来临时，她还是会感到焦虑不安。黄昏时分，她会来到沼泽，在桤木林下藏起一个壶，用咖啡杯舀出最后一点水。然后她四处走动，在这个地方洒一点水，在那个地方洒一点水，洒在她最喜欢的植物上，最后将壶重新藏好。到了秋天，奶奶会收集野草的种子，放在火柴盒里，在她待在岛上的最后一天里，把它们种下，具体种在哪里无人知晓。

然而，索菲娅的爸爸在收到邮寄来的花卉目录后，他们的生活发生了巨大的变化。有一段时间，除了花卉目录，他几乎什么都不看。最后，他写信到荷兰，荷兰人给他寄来了一个装满袋子的盒子，每个袋子里都有一株棕白相间的球茎，裹着一层轻柔的防腐绒毛。爸爸又写信要了一箱，然后他收到了来自阿姆斯特丹的特别礼物——一只实际上是花瓶的瓷质木屐，以及几株来自乌埃·范·毛伊克公司的球茎。深秋时节，爸爸独自回到岛上，种下了他的球茎。整个冬天，他继续阅读有关植物、灌木和树木的资料，尽可能了解它们，因为所有这些植物都非常娇贵，必须以科学的方式精心呵护。在某些时候，如果没有真正的土壤和水，它们就无法存活。秋天它们必须被覆盖好，以防冻坏；春天必须及时揭开，以免腐烂；还要注意防止田鼠、暴风雨、高温、夜霜的侵袭，当然还有大海。爸爸了解这一切，也许这就是他对此感兴趣的原因。

全家回到岛上时，拖回了两条小船。一包包真正的黑色内陆土壤被滚上岸，就像休憩的大象一样

占据了整个海滩。一箱箱、一袋袋、一筐筐装在黑色塑料袋里的树苗被搬上了门廊，灌木丛和整棵树的根都被放在麻袋里，还有数百盆泥炭小盆栽，里面都是幼嫩的苗，必须先在室内培育一段时间。

春天姗姗来迟，每天都是风雪交加。他们生的火让炉子嘎吱作响，所有的窗户前都挂上了毯子。他们把行李箱靠墙堆放，为植物开辟狭窄的通道，让它们紧挨着站在地板上取暖。有时，奶奶会站不稳，不小心坐在植物上面，但大多数植物会重新挺直。壁炉周围整齐地堆满了木柴，天花板上挂着衣服。门廊上放着白杨树、水泥和灌木丛，上面都盖着塑料布。暴风雪持续着，最后雨雪转成了小雨。

索菲娅的爸爸每天早上六点就起床。他先添火，为家人煮茶、准备三明治，然后出门。他撕下大块的草皮，清理基岩。他在森林和岛上各处挖出深深的坑，用真正的黑土填平那些凹凸不平的土地。他收集了一些大石头，筑起围墙，为花园遮风挡雨。他在小屋周围和松树上搭起了棚架，供攀缘植物生长。此外，他还挖开了沼泽，准备在那里建造水泥堤坝。奶奶站在窗口看着。“沼泽水位会上涨二十厘米。”她说，“刺柏丛可不喜欢这样。”

“那儿要有一池塘的斑点睡莲和红色睡莲了。”

索菲娅说，“谁在乎刺柏丛的想法？”

奶奶没有说话，但她决定等天气好转时，她要挽救被弄破的草皮，把它们翻整成原样，因为她知道那里面长满了雏菊。

晚上，爸爸会燃起烟斗，皱着眉头仔细研究土壤的化学成分。桌上和床上散落着花卉目录，昏暗的灯光下，那些图片闪烁着微光。索菲娅和奶奶已经记住了所有的花卉名字，互相抽查，并把每个名字都写在一张小纸片上。

“*Fritillaria imperialis*[*]，”索菲娅说，“*Forsythia spectabilis*[†]！听起来比继母花好听得多。”

“两个都是好名字，”奶奶说，“继母花实际上叫三色堇。反正，真正优雅的人不需要名牌。”

“我们在城里的门上就挂着名牌。”索菲娅说，随后两人又继续抄写名字。

一天夜里，风停了，雨也停了。奶奶从一片寂静中惊醒，心想：“现在他要开始种地了。”

黎明时分，刺眼的阳光照在小屋上，天空湛蓝无云，大海和小岛都冒着蒸汽。索菲娅的爸爸穿好

---

* 王贝母的学名。

† 金钟连翘的学名。

衣服，尽可能静悄悄地离开家。他从白杨树上取下盖着的塑料布，把树扛到海边草地上的坑里。白杨树高达 3.5 米。爸爸在树根周围填上土壤，并从各个方向系好绳子，让它牢靠地立在土里。接着，他把玫瑰花运到树林里，铺在石楠丛中，然后点起了烟斗。

等一切都在土里各就各位后，接下来就是漫长的等待。每一天都平静又温暖。荷兰球茎散开棕色的外皮，笔直地向上生长。在堤坝里，白色的根芽开始在泥浆中萌动，被用石块压着的金属细网固定着。整个岛上，新发的根芽都在寻找立足地，每一根花秆和花茎都充满了生机。一天早晨，门被猛地打开，索菲娅尖叫:“古多斯尼克郁金香长出来了！”

奶奶以最快的速度走出房门，戴上她的眼镜。一根细长的绿色嫩芽从地里探出了头，郁金香的雏形清晰可见。她们观察了很久。

“那也可能是普莱斯曼郁金香。”奶奶说。（但事实上是约翰 · T. 舍佩斯郁金香。）

春天以温柔的姿态回报了爸爸的辛勤努力，除了白杨树之外，一切都开始生长。嫩芽迅速膨胀，变成皱巴巴、带光泽的叶子，并迅速蔓延，长得越来越大。唯有白杨树仍然光秃秃地站在那里，和刚来时一模一样。好天气一直持续到六月，没有一滴雨水。

整座岛被半埋在青苔中的塑料水管系统覆盖。它们通过黄铜接口连接在箱子下面的小水泵上，水泵旁边是最大的天然雨水蓄集池。蓄水池上方覆盖着一张巨大的塑料布，可以防止水分的蒸发。所有这些设计都非常巧妙。爸爸会每周两次打开水泵——棕色的温水在水管里流动——根据植物的性质和需求，用滴洒或直接喷洒的方式把水浇灌在植物上。有的植物只需浇一分钟水，有的则需要三到五分钟，直到爸爸的煮蛋计时器响起，他才关闭这宝贵的水源。当然，他不会给岛上其他地方提供任何水，所以岛上的植物逐渐枯黄，泥土渐渐干涸，出现了裂缝，边缘像老香肠片一样卷起，几棵松树也已经枯死了，尽管每个清晨，天气都一如既往地美丽。

在沿海地区，一场又一场的雷暴接踵而来，下起了倾盆大雨，但它们始终无法突破到外围海域。大蓄水池中的水位逐渐下降。索菲娅向上帝祈祷，但情况并没有好转。一天傍晚，爸爸正在浇水，水泵发出可怕的汩汩声，水管瘪了下去，蓄水池里的水全部用光了，塑料布皱巴巴地贴在蓄水池底。

索菲娅的爸爸踱来踱去，思考了一整天，他做了一些计算，画了设计图，还划船去商店里打电话。一股热浪笼罩着小岛，随着一天天过去，蓄水池变得越来越干。爸爸又一次去商店打电话。最后，他乘车去了镇上，索菲娅和奶奶意识到情况变得非常糟糕。

爸爸回来时，带着一根大塑料香肠，颜色像是旧橙子皮，折叠成厚厚一摞，装满了半条船。它的构造是经过特殊设计的。可以想象，时间紧迫，把水泵和水管都搬上船后，他们立即出发了。

海面在炎热的薄雾中呈现出光泽，显得无精打采，海岸线上积着常见的云墙。他们经过时，海鸥很少飞起。这是一次非常重要的远征。当他们到达谢尔礁岛时，船热得不行，沥青都热化了，塑料香肠散发着刺鼻的气味。爸爸扛着水泵来到又大又深的沼泽地，一片茂密的莎草和羊胡子草交织在那里。他把水管接到一起，将“香肠”拖到浅水坑，然后启动水泵。水管注满了水，在岩石上绷直，慢慢地、慢慢地膨胀开来，一切都按照之前的计划和预期进行着。但没有人敢说话。“香肠”变成了一个巨大的、闪闪发光的气球，像一团橙色雨云，肚子里盛满了几千升的水，随时可能爆裂。

索菲娅祈祷:“上帝啊，不要让它爆裂。”

“香肠”没有爆裂。爸爸关掉水泵,把它搬上船。他收起水管，用结实的船尾缆绳系住“香肠”，让一家人坐在中间的位置，最后启动了马达。缆绳拉紧，马达拉动了，但“香肠”纹丝不动。然后，爸爸回到岸上，使劲推了推，但没有任何反应。

“怜爱孩子的上帝啊。”索菲娅低声说，“请让它动起来吧！”

爸爸再次尝试，但仍然没有任何反应。接着，他开始助跑，扑到塑料香肠上，和“香肠”滑过湿滑的海藻，一同扑通滑进了海里，索菲娅开始尖叫起来。

“不要责怪上帝。”奶奶说，她对整个过程感兴趣极了。

索菲娅的爸爸爬回船上，猛地发动马达，船向前一跃，索菲娅和奶奶同时从座位上被甩了下来。大塑料香肠缓慢地沉入海中，揽绳被拉直了，索菲娅的爸爸探身趴在船尾，想看看它的情况。“香肠”在海藻中缓慢前行，在深水中渐渐消失了，还拖着马达一起下水，发出嗞嗞的吐水声。一家人迅速向前移动重心，船舷与水面之间几乎不到一分米。

“我不会再向他祈祷了。”索菲娅生气地说。

“反正他知道了。”奶奶仰躺在船头说。她想，上帝确实会帮助你，但是要在你付出了努力之后。

塑料香肠在绿色的海水深处慢慢滑行，好像一个充满了生命之水的大气泡。大家都知道雨水比海水轻，但眼下，水泵还吸入了大量的淤泥和沙子。船上异常炎热，弥漫着汽油味，马达疯狂运转着。奶奶在船上睡着了。海面上像往常一样闪亮，云层已经升至海岸线上方。大塑料香肠慢悠悠地滑过一片浅滩，“砰”的一声弹跳到另一边，马达转速加快，船迅速前进，然后被向后一拽，船尾涌进了水。然后香肠再次前进，速度非常缓慢。奶奶开始打呼噜了。一声低沉的闷雷声从小岛间响起，黑风刮过水面，随即消失。当他们绕过长长的岬角时，又传来巨响的雷声，与此同时，塑料香肠滑过礁石，奶奶醒了过来。她看到一小片闪耀的海浪从船舷涌入，意识到自己已经湿透了。天不再那么炎热了，层层云朵堆积在天空中，船里的积水温暖而舒适。周围变得更加昏暗，沙滩闪烁着明黄色，弥漫着雨水的气味。他们缓缓地驶向小岛，风暴的阴影笼罩在海面上，他们静静地坐着，面对这少见的充满不确定性的情况，三个人屏住呼吸，甚至有些兴奋。这里水变浅了，每当塑料香肠触到水底时，船内的水位就会上升，最后海水不停漫过船舷涌入小船，就在这时，又一声雷声响起。

爸爸将嗞嗞作响的马达关掉，涉水上岸，索菲娅紧随其后，拖着水管。奶奶小心翼翼地翻过船舷，开始蹚水，有时还游上几下，回忆那种感觉。然后，她坐在石头上，把鞋子里的水倒掉。海湾里满是愤怒的小浪花，搁浅在那里的塑料香肠像从天堂掉下来的橙子一样闪闪发光。爸爸用力拖拽，终于让香肠慢慢翻转过来，露出橙红色的肚子，黄铜肚脐指向天空。水管接上后，爸爸打开水泵，一大团泥浆和沙子飞向空中！接着，一股水柱猛烈地撞击岩石，激起了青苔。“水！水！”索菲娅全身湿透，歇斯底里地尖叫着。她将水管紧抱在怀里，感受着它的脉动，看着水泵将水喷洒在繁星铁线莲、香雪兰、贝母、齿叶橐吾和德国白月季身上，为杜鹃花和金钟连翘输送水分。她看到强劲的水柱在小岛上空画出一道弧线，注入干涸的蓄水池。“水！”索菲娅喊，她跑向白杨树，看到了她期待已久的景象——一株绿色嫩芽冒出了头。就在这时，雨来了，温暖而猛烈，小岛得到了双重的赐福。

奶奶一生节俭，因此一下接受不了浪费。她看着蓄水池、水桶和花岗岩的每一个缝隙都溢满了水。

她又观察了一下被晾出来的床垫，以及被洗净的碗碟。她心满意足地叹了口气，沉浸在思考中，把水壶里的饮用水倒进咖啡杯，然后洒在一朵雏菊上。

恶棍船

在八月里的一个风平浪静的温暖夜晚，海面上传来响亮的喇叭声，宛如最后审判日的号角。两排灯光以优美的曲线缓缓向岛屿滑行，大型游艇以只有昂贵而迅捷的船只才能做到的方式咕隆作响，船上打着五颜六色的灯光，深蓝、血红和白色都有。整个海面仿佛屏住了呼吸。索菲娅和奶奶身穿睡衣，站在岩石上注视着这一切。那艘奇特的游艇越来越靠近小岛，马达声渐渐微弱，灯光映在海面上，宛如无数起舞的火蛇。然后，它消失在岛屿后面。索菲娅的爸爸匆忙穿上裤子，跑下去察看它。过了很长时间，周围先是一片寂静，随后从岛的另一边传来微弱的音乐声。

“他们在开派对。”索菲娅小声说，“我们也去吧，穿好衣服，一起过去看看！”

但是奶奶说：“等一下。等他回来接我们过去。”

她们躺在床上等待，很快就都睡着了。第二天早上，船不见了，它已经开走了。

索菲娅扑在岩石上哭了起来。“他可以回来叫我们的！”她号叫着说，“他让我们睡了，自己却在和他们开派对，我永远也不会原谅他！”

“他的行为确实恶劣，”奶奶严厉地说，“等他醒来，我会说说他的。”

神秘游艇的画面再次浮现在眼前，索菲娅悲伤地尖叫起来。

“擦擦你的鼻子，”奶奶说，“确实很让人失望，但还是先擦擦鼻子。你现在看起来糟透了。”她等了一会儿，接着说，“我觉得，他们是非常不讨人喜欢的人。他们只是继承了一艘船。实际上他们对船一无所知。而且，”她恶狠狠地补充道，“他们自己做的内饰，颜色可真难看。”

“你真这么觉得吗？”索菲娅哼哼着，坐了起来。

“太难看了，”奶奶向她保证，“他们配了棕色、黄色和紫褐色的亮丝绸窗帘，还有落地灯、电视瓷框和烙画，可笑，这更难看了……”

“好吧，”索菲娅不耐烦地说，“然后呢？”

“如果这艘船不是继承来的，那就是他们偷来的！”

“从谁那里偷？”

“一个可怜的走私贩。他们还偷走了他走私的所有东西，一样没剩。他们只喝浓缩果汁。他们眼里只有钱，”奶奶继续慷慨激昂地说，“他们甚至没有带地图和船桨就离开了！”

“但他们为什么会来我们这里呢？”

“把东西藏在峡谷里，以后再回来取。”

“这一切你自己相信吗？”

“部分相信。”奶奶谨慎地回答。

索菲娅站起来，擤了擤鼻子，说：“现在我来告诉你事情的经过。请坐下，听我说。爸爸到了他们的船上，他们想让他买高达九十六度的白酒，而且价格贵得惊人。现在，你来扮演爸爸。告诉我，他说了什么？”

“他非常自豪地说：‘买下这九十六度的白酒，有损我的身份。如果我想喝酒，我会自己去找，即便冒着生命危险，也要从海中把它捞出来。亲爱的先生，顺便说一句，我家人觉得它味道不好。’现在轮到你了。”

“‘真的吗，先生？这么说您有家人？请问您的家人都在哪儿？’”

“‘千里之外。’”

“但我们一直都在这里！他为什么不说我们在这里？！”

“为了保护我们。”

“他为什么要那么做？为什么每次有事发生，我们就成了被保护的人？你在骗我。如果他们是在放舞曲跳舞呢，那不应该把我们排除在外！”

“他们是开着收音机。”奶奶说，“只是收音机而已。他们在等着听天气预报和新闻。看看警察是不是在追他们。”

“你骗不了我！”索菲娅喊，“凌晨一点根本没有新闻。他们是在开派对，狂欢作乐，我们错过了！”

“爱信不信，”奶奶生气地说，“他们的确在开派对，狂欢作乐。但我们也不能随便参加别人的派对。”

“我就要去，”索菲娅任性地说。“只要能跳舞，我愿意去任何人的派对！我和爸爸都是这样的！”

“好吧，那你去吧！”奶奶开始沿着海岸走，“如果你想和恶棍一起聚会，那你就去吧。最重要的是腿能撑得住，其他的对你来说都不重要。”

那艘船把很多垃圾倾倒到海里，大部分都被冲到了岩石上。这些昂贵的垃圾可以让人猜到他们都做过些什么。

“橙子、糖果，还有小龙虾！”索菲娅强调说。

“恶棍都以吃小龙虾出名。”奶奶说，“你不知道吗？”她已经厌倦了这个话题，觉得这次谈话应该更有教育意义才对。再说，恶棍为什么不能吃小龙虾呢？

“你说错了。”索菲娅解释道，“现在，你自己想想。我刚才说的是，爸爸和恶棍们开了小龙虾派对，然后把我们忘光了。这才是所有事情的开始。”

“是的，是的，是的，”奶奶说，“如果你不相信我的故事，就自己编吧。”

一个空的施美格威士忌酒瓶轻轻撞到岩石上。可能他根本没忘记她们，只是觉得一个人去挺好。这其实很好理解。

“现在我知道了，”索菲娅惊呼，“他们给他下了安眠药。在他准备接我们的时候，他们在他的杯子里放了一点安眠药，所以他才睡了这么久！”

“是耐波他*。”喜欢睡觉的奶奶告诉她。索菲娅睁大眼睛盯着她。“别说那个！”她喊，“如果他再也醒不过来怎么办？！”她突然转身，开始奔跑，边跑边跳，害怕得号啕大哭。就在那时，就在那里，在沼泽地中，有一盒巨大的巧克力被一小块石头压

* 一种安眠和镇静药。

着。那是一个粉色和绿色相间的大包装盒，上面系着银色丝带。鲜亮的色彩让小岛的景色显得更加暗淡，毫无疑问，这盒巧克力是一份精美的礼物。蝴蝶结上还插着一张小卡片。奶奶戴上眼镜,念道:“送给那些无法参加派对的老人和孩子。”“这话说的！”她咬牙切齿地嘀咕着。

“上面写的是什么？他们说了什么？”索菲娅喊道。

“他们说,”奶奶说，“上面写的是‘我们没什么礼貌，一切都是我们的错，如果可以的话，请原谅我们’。”

“可以原谅他们吗？”索菲娅问。

“不可以。”奶奶说。

“可以的。我们应该原谅他们。就是恶棍才总是应该被原谅。不管怎么说,他们是恶棍,这多好啊。你觉得巧克力里有毒吗？”

“不，我觉得没有。而且那安眠药的药效可能也不强。”

“可怜的爸爸。”索菲娅叹了口气。他差点就醒不过来了。

事情的确就是这样。他一直头疼到晚上，既吃不下东西，也没法工作。

访客

索菲娅的爸爸清空了咖啡壶里的咖啡渣，把花盆搬到门廊上。

“他这样做是为了什么？”奶奶问。索菲娅回答说，他不在的时候，花盆放在外面更好。

“他要去哪儿？要出门？”奶奶说。

索菲娅回答：“他要出去整整一个星期。在他回来之前，我们要住到群岛内的一户人家里。”

“我都不知道这回事，”奶奶说，“没人告诉过我。”她走进客房，试着看她的书。当然，盆栽应该被移到最适合它的地方，在露台上放一个星期会更好。如果你长期不在家，就必须把它留在能浇水的人那里，这非常麻烦。甚至连养盆栽植物都成了一种责任，像你照顾的其他不能为自己做主的东西一样。

“快来吃饭！”索菲娅在门外喊。

“我不饿。”奶奶回答。

“你不舒服吗？”

“没有。”奶奶回答。

风吹啊吹，吹啊吹。这个岛上总是刮风，从四面八方吹来。对于工作的人来说，这是一个避难所；对于成长中的人来说，这是一个野生花园；但对其他人来说，只是日复一日地消磨时间。

“你生气了吗？”索菲娅问，但奶奶没有回答。厄弗高一家带来了邮件，爸爸发现他根本不用去镇上。索菲娅说：“太好了。”但奶奶什么也没说。她变得非常安静，不再做树皮船了，洗碗或清洗鱼时也显得闷闷不乐。在天气晴朗的早晨，她也不再坐在堆木场里，慢慢地梳着头，慢慢地把脸朝向太阳。她只是专心读书，甚至不关心故事的结局如何。

“你会做风筝吗？”索菲娅问，但奶奶说她不会。日子一天天过去，她们在近乎敌意的羞怯中变得越来越疏远。

“你真的生于19世纪吗？”索菲娅隔着窗户大喊。

“我生于1882年。”奶奶非常清晰地回答，“如果这对你有什么意义的话。”

“没有！”索菲娅喊着，然后跑开了。

小岛下起了温柔的夜雨。许多浮木漂浮在海上，被打捞了起来。没有人来拜访，也没有信件，只有一朵兰花盛开。一切都很好，却笼罩着浓厚的忧郁气息。那是八月，有时有暴风雨，有时风和日丽，但无论发生了什么，对奶奶来说，都不过是时间的累积，因为一切都是转瞬即逝的虚无。爸爸也只是在桌前忙着工作。

一天晚上，索菲娅自己写了一封信，塞进了门缝里。信上写着："我恨你。来自索菲娅的热情问候。"

所有拼写都正确无误。

索菲娅做了一只风筝。风筝的图案来自她在阁楼上找到的一本杂志，尽管她严格按照上面写的做，但风筝老也做不好——胶带粘不上，薄纸破了，胶水都糊错了地方。一切完成后，风筝却怎么也飞不起来，一次又一次地摔向地面，好像要把自己毁掉似的，最后竟然一头扎进了沼泽里。索菲娅把风筝放在奶奶的门外，然后走开了。

"真是个聪明的孩子。"奶奶想着，"风筝真是一个极好的象征。她知道我迟早会给她做一只会飞的风筝，但这无济于事。这根本不重要。"

在一个风平浪静的日子里，一艘带有舷外发动机的白色小船驶向小岛。

“是韦尔纳。”奶奶说，“他又带着雪利酒来了。”她有那么一小会儿打算装病，但还是改变了主意，下去迎接他。

韦尔纳戴着他的亚麻帽，穿得非常体面。船显然是从群岛内来的，但它努力想要轻巧一些。一艘龙骨中拱的小船。韦尔纳说他不要别人帮忙，然后伸开双臂朝奶奶走来，喊：“亲爱的老朋友，你还活着吗？”

“如你所见，我活得很好。”奶奶干巴巴地回答，任由他拥抱自己。她感谢他给了她一瓶酒，他说：“你看，我想着你。这和我在1910年带来的酒是一样的牌子。”

“真蠢，”她想，“为什么我从来没有勇气说雪利酒是我知道的最傻的东西？”但这时候说就太迟了。真是遗憾，毕竟她已经到了可以坦然说出小事的年纪。

他们把鲈鱼从活鱼箱里拿出来，开饭时间比往常早一些。“干杯！”韦尔纳认真地说，然后转向奶奶，“伴随着夏天的消逝，为我们的暮年光景干杯。真是非常惬意的时光。寂静围绕着我们，每个人都各奔东西，但我们此刻相聚在宁静的日落海岸边。”

他们呷了一口雪利酒。

奶奶说：“也许吧。他们预报说晚上会有风。你船有多少马力？”

“三匹。”索菲娅猜测。

“四匹半。”韦尔纳简要地说。他吃了一块奶酪，望着窗外。

奶奶意识到他心里受伤了，于是在喝咖啡之前尽量表现得和蔼可亲，并提议两个人出去走走。他们走上通往土豆田的小路，每当地面坑坑洼洼时，她都有意识地靠在他的胳膊上。天气很温暖，也很平静。

“腿怎么样了？”韦尔纳问。

“很糟，”奶奶由衷地回答，“但有时候还不错。”然后她问他最近都在忙些什么。

“哦，什么都掺一脚。”他依然不高兴，突然，他改变话题大声说，“巴克曼松走了！”

“那他去哪儿了？”

“他已经不在我们身边了。”韦尔纳生气地解释。

“原来是这样，你意思是他去世了。”奶奶说。她开始思考所有关于死亡的委婉说法，以及她一直感兴趣但令人焦虑的禁忌话题。遗憾的是，在这个问题上，人们往往无法进行一场智慧的对话，他们要么还太年轻，要么太老，要么没时间。

他又开始谈论其他去世了的人，提到店里那个不好打交道的帮手，还提到到处都在盖丑房子，还有人未经允许就上了别人的岛。当然,进步也是有的。

“那些都是胡说八道,”奶奶说,她停下脚步,转身面对他,“只是越来越多的人在做同样的傻事,有什么好大惊小怪的。进步是另一回事情,你知道的。变化。巨大的变化。”

“亲爱的朋友,”韦尔纳赶紧说,“现在我知道你要说什么了。请原谅我打断你,你是想问我是否从来不看报纸。”

“当然不是!”奶奶非常不高兴,“我只是问你,你难道从来都不好奇,或者苦恼,或者只是害怕?”

“没有,我真的没有,”韦尔纳坦率地回答,“虽然我觉得我也是有过苦恼的。”他的眼神有些不安,他说,“你真难伺候。你干吗要说这么尖锐的话?我只是告诉你都发生了什么。”

他们走过土豆田,来到岸边的草地上。“它是一棵真正的白杨树。”奶奶想要换个话题,“你看,它在生根。我们的一个朋友从拉普兰带来了真正的天鹅粪,它很喜欢。”

“生根,”韦尔纳重复道,他沉默了一会儿,继续说,“能和孙女生活在一起,您一定很欣慰。”

“别说这些,”奶奶说,“别再说这些冠冕堂皇的老话,过时了。我说的是生根,你却马上提孙辈的事。为什么说话绕那么多弯子，你怕什么吗？”

“我亲爱的老朋友。”韦尔纳失落地说。

“对不起，”奶奶说，“这只是出于礼貌，我想表示我很重视你这个朋友。”

“看得出来你的努力，”韦尔纳温和地说，“你恭维人的时候稍微注意点用词就行。”

“你说得对。”奶奶回答。

他们静静朝岬角走去。最后他说：“以前你从不谈论船的马力和肥料的问题。”

“因为以前我不知道它们这么有趣。事实上，平常的事物也可以很吸引人。”

“但你自己，你自己的事情，你从来不谈。”韦尔纳说。

“也许是没什么重要的事情好谈吧。”奶奶停下来思考，“无论如何，我确实谈得比以前少了。也许我已经把大部分事情都谈完了。也许我慢慢觉得说这么多也没什么用。或者觉得自己没资格多说。”

韦尔纳沉默了。

“你有火柴吗？”她问。他点燃了她的香烟，然后两人转身朝小屋走去。风还没来。

“那艘船不是我的。”他说。

“我也没觉得是。它是龙骨中拱的船。你问别人借的？”

“我就拿来用用。”韦尔纳说，“我上船就开走了，否则他们会一直担心我，让人很不舒服。”

“可你还不到七十五岁。”奶奶惊讶地说，“你当然可以想做什么就去做。”

韦尔纳回答：“没那么容易，你必须考虑周全。毕竟他们对你负有一定的责任。到头来，你通常成了碍事的那个。”

奶奶停下脚步，用拐杖戳了戳一块青苔，把它压回原来的地方，然后继续往前走。

“有时候我会很沮丧，”韦尔纳说，“你说过一个人不该谈论重要的事情，但我今天还是说了。我今天好像一直在说错话。”

在晚霞的映照下，海面泛着黄色，异常地平静。“你介意我抽根烟吗？”他问。

她回答：“请便，亲爱的朋友。”

韦尔纳点燃了一支小雪茄。他说：“他们总是在聊爱好。你懂的，爱好。”

“是的，”奶奶说，“人应该有一个爱好。”

“收集东西的爱好，”韦尔纳接着说，“这太蠢了。我更想用我的双手创造一些东西，你知道，不过我对这个不擅长。”

“但你可以种种花草，不是吗？”

“没错！”韦尔纳惊呼，“你和他们一样，完全一样。他们说：‘先种下去，看它怎么长！’他们不在这里指导我，我自己也能想到。”

“是的，你说得完全正确，”奶奶说，“确实。你必须自己喜欢才行。”

他们取来了他的篮子和毛衣，大家互相道别。奶奶建议喝一杯雪利酒，但韦尔纳解释说，他从来不喜欢喝这种酒，除了它和他们共同的回忆联系在一起时，因为这些回忆对他来说非常珍贵。

“对我来说也很珍贵。”奶奶真诚地回答，“直接开就行，过了马岩，一路的水都很深，想想办法以智取胜。”

韦尔纳回答：“我会的。我保证。”他说着，启动马达，笔直朝家里开去。

“他要靠智慧战胜谁？”索菲娅问。

“他家里人，”奶奶说，“讨厌的家里人。他们都不问他自己想做什么，只会告诉他该做什么，所以这些都不是他自己真正想做的。”

“太可怕了！”索菲娅哭着说，“这种事绝不会发生在我们身上！”

“不会，永远不会！”奶奶说。

蚯蚓及其他

有一年夏天，索菲娅突然对小动物感到害怕，体形越小的动物，她越害怕。这对她来说是全新的体验。自从她第一次成功地将蜘蛛放进火柴盒当宠物之后，她的夏天就充满了毛毛虫、蛙卵、蠕虫、泥蜂以及其他难以接近的动物。她给予它们生存所需要的一切，最后甚至包括自由。然而，现在一切都改变了。她小心翼翼地走来走去，焦虑不安地盯着地上，留意不要踩到爬行的小动物。灌木丛很危险，海藻甚至雨水都变得危险起来，小动物无处不在。它们可能隐藏在书的封面之间，被压扁，死掉了。爬来爬去的小动物、缺手缺脚的小动物和变成尸体的小动物似乎自始至终都是生活中的一部分。她的奶奶想和她探讨这个话题，却无法开口，所以无济于事。莫名的恐惧使人爱莫能助。

有一天早上，沙滩上冲上来一株奇怪的球茎，她们打算种在客房外面。索菲娅将铲子插进土里挖坑时，不小心将一条蚯蚓切成了两半，看到两半蚯蚓在黑色泥土中扭动时，她立刻扔掉铲子，退到小屋的墙边尖叫起来。

奶奶说："它们会长回来的。就是这样，它们会长回来的。没关系，相信我。"她把球茎放进土里，继续说蚯蚓的事，索菲娅平静了下来，但脸色仍显苍白。她坐在门廊的台阶上沉默不语，双臂抱着膝盖。

"我觉得，"奶奶说，"我觉得没有人对蚯蚓有足够的兴趣。真正感兴趣的人应该写一本关于蚯蚓的书。"

晚上，索菲娅问"somliga"* 里包含的元音字母是"å"还是"o"。

奶奶说是"o"。

"我永远也写不完这本书。"索菲娅生气地说，"如果我一直被拼写打断思路，我还怎么思考？我都忘记我写到哪里了，整本书都是垃圾！"这本书有很多页，书脊是用线缝起来的。她把书扔在地上。

"这本书叫什么名字？"奶奶问。

"《断开的蚯蚓研究》！但我永远也没法把它写

---

* 瑞典语，意为"一些"。

完！”

“找个地方坐下来口述。”奶奶说，“我来写，你告诉我怎么写。我们有的是时间。我的眼镜又放哪儿了？”

这是一个特别适合落笔的夜晚。落日的余晖恰好从窗外照进来，奶奶翻开第一页，上面已经有了一幅蚯蚓断成两部分的小插图。客房里安静凉爽，爸爸在墙另一边的书桌前工作。

“我喜欢他工作的时候。”索菲娅点评道，“我知道他就在那里。读读我写的东西。”

“第一章，”奶奶开始读，“一些人会用蚯蚓钓鱼。”

“空行，现在继续：我不想告诉你它们的名字，但它们肯定不叫‘爸爸’。现在拿起那条害怕的蚯蚓，它会收缩，缩到……它把自己缩到什么程度？”

“例如，收缩到它自身长度的六分之一。”

“例如，收缩到它自身长度的六分之一，然后它就会变得又小又粗，这样就很容易被穿到鱼钩上，而这是它没有想到的。但是，如果你想的是一条聪明的蚯蚓，它就尽可能把自己变长，这样就没办法穿到鱼钩上了，然后它就分成两截了。科学界目前还不知道它是断了还是在耍聪明，因为这事情还没定论，但……”

“等一下，”奶奶说，“我可不可以这样写：这究竟是韧性不够，还是展现了聪明才智？”

“随便怎么写都行，”索菲娅不耐烦地说，“只要看的人能理解。你现在不能打断我的思路。接下去这样写：或许蚯蚓本身知道，假如它被切断成两半，两个部分都会再次生长。空行。虽然我们无法确定蚯蚓有多疼，也不知道它是否会害怕疼痛，但无论如何它们能感受到尖锐物体的逼近，这是一种本能反应。对了，我要告诉你的是，我们不能因为它们很小或只有一条消化道就认为它们不会感到疼痛。我相信它们会感到疼痛，只是那种痛感可能仅会持续一秒钟。现在拿那条聪明的蚯蚓来说，它让自己变长，然后分成了两半，这可能就像拔牙的感觉一样，只是拔牙不疼。在神经平静下来后，蚯蚓立刻感觉自己变短了，并看到另一半就躺在身边。为了更容易理解，我们可以说两段半截的蚯蚓都掉到了地上，拿鱼钩的人走掉了。它们无法重新长回去，感到很困恼，当然它们也从未停下来思考过这个问题。后来它们明白，最终都会各自再长回原来的长度。我想，它们相互看了看，觉得对方看起来很奇怪，就拼命分头爬开了。随后它们开始思考，意识到自己的生活将会有所不同，但又不知道这种不同将以何种方式呈现。”

索菲娅仰躺在床上，陷入沉思。客房里已经很暗了，奶奶起身去点油灯。

“别去，”索菲娅说，“不要点灯。拿手电筒听我说。‘生活体验’这个搭配对吗？”

“对。”奶奶回答。她把手电筒放在床头柜上，然后等待着。

“可以想象，后来它们的生活体验，都仿佛缺了一半，但同时也有一种莫名的解脱感，它们意识到发生的一切并不是它们自己的错。它们可以指责对方，或者说，在经历这些事情后，它们已经不再是它们自己了。然而，有一件事让情况变得更加复杂，那就是前端和后端之间存在巨大的差异。蚯蚓永远不会倒退，只有一端有头。但是，如果上帝将蚯蚓设计成可以被切断并再生长出来，那么蚯蚓的后端一定有某种秘密的神经可以延伸出去，帮助它进行思考。否则，这段蚯蚓将无法生存。然而，后端的大脑非常小。它可能仍然记得自己的另一半，那个总是先行一步决定一切的另一半。然后，”索菲娅坐起来说，“后端会问自己：我应该往哪边生长？是长出新的尾巴，还是长出新的头部？我应该继续跟在后面，不必决定重要的事情，还是在我再次断开之前，做一条更加了解一切的蚯蚓呢？这个问题令人兴奋。但也可能蚯蚓已经习惯了做尾巴，因此它选择顺其自然。我刚才说的话你都记下来了吗？”

“全写下来了。”奶奶说。

“现在到了本章的结尾：也许头觉得身后没有任何东西拖着很好，但谁知道呢，因为这不安全。当你随时都有可能中途被腰斩时，没有什么是真正安全的。但无论如何，我们都不该用蚯蚓钓鱼。”

“好了，”奶奶说，“书写完了，纸也用完了。”

“还没写完，”索菲娅说，“接下来是第二章，不过我打算明天再写。你觉得怎么样？”

“很有说服力。”

“我也这么认为，”索菲娅说，“也许人们会从我的话中学到一些东西。”

第二天晚上，她们继续创作，以“其他可怜的动物”为题。“与小动物相处非常麻烦。我真希望上帝从未创造过它们，或者既然创造了，就该让它们能说话，或者给它们一张更清晰的脸。空行。想想飞蛾。它们飞啊飞，朝灯火飞去，烧伤自己，然后又飞向那里。这不可能是本能，因为这样的安排不合理。它们什么都不懂，所以一直朝灯火飞扑。然后它们仰面躺下，几条腿都在发抖，接着就死了。你记下来了吗？你觉得读起来怎么样？”

“非常好。”奶奶说。

索菲娅站起来喊：“继续写，说我讨厌一切慢慢死去的东西！说我讨厌一切不让别人帮忙的东西！你写好了吗？”

“我写好了。”

“现在说说大蚊。我琢磨了很多关于大蚊的问题。如果不弄断它们的两条腿，你永远无法帮助它们。不，我应该写三条腿。它们为什么不能收起自己的腿呢？写，就像小孩子咬牙医，疼的是牙医，而不是他们自己。等一下。”索菲娅捧着脸继续思考，她说，“写‘鱼’。然后空行。小鱼比大鱼死得慢，但人们对小鱼的态度却远没有那么小心，让它们在岩石上躺很长时间，呼吸空气，就像把某人的头按在水下。还有猫，”索菲娅继续说，“你怎么知道它从鱼头开始吃呢？为什么不干脆一次性把鱼杀了？也许猫累了，或者鱼的味道不好，所以它从尾巴开始吃，然后我肯定会尖叫！当鱼身上撒了盐，当水太热让鱼跳起来时，我会尖叫！我不吃那样的鱼，这是你们活该！”

“你口述得太快了。”奶奶说，“我应该写‘这是你们活该’吗？”

“不，”索菲娅说，“这是一篇论文。就写到‘我会尖叫’。”她沉默了一会儿，继续说，“第三章。空行。我会吃小龙虾，但我不想看它们被煮熟的样子，因为那样小龙虾会变得很恶心，你必须非常小心。”

“没错。”奶奶说着咯咯笑了起来。

“天哪，”索菲娅惊呼，“这可是很严肃的事情。别打岔。写，我讨厌田鼠。不对。写，我对田鼠感到厌恶，但并不希望它们死去。它们在地下挖隧道，然后吃掉我爸爸种的球茎。它们把挖掘地道和吃球茎的技巧传授给孩子。在夜晚，它们相互依偎着入睡，却并不知道自己是多么不幸的生物。‘不幸’这个词好不好？”

“很好。”奶奶说，继续尽自己所能飞快地写。

“然后它们就会吃到有毒的玉米，或者被陷阱夹住后腿。好在它们被卡住了，终于让中毒的肚子爆炸了！但那该怎么办呢？写，但我们又该怎么办呢？它们还来不及受罚就死了，但不论如何现在也来不及了。这问题非常困难。它们每二十分钟就会生一个新的孩子。”

“每二十天。”奶奶轻声地说。

“它们传授知识给自己的孩子。不仅仅是田鼠，所有小动物都会教导自己的后代。它们的数量越来越多，都将自己的知识传授给孩子，结果这些孩子全被教坏了。最糟糕的是，那些动物长得那么小，而且还无处不在，直到你不小心踩到它们才会察觉。有时候你甚至踩到了也看不见它们，但你知道小动物的存在，无论如何你仍会感到内疚。”

“无论你做什么，都不可避免地会弄死它们，因此最好什么都不做，或者想想其他事情。结束。还有地方放幅插图吗？”

“有。”奶奶说。

“你来画吧。”索菲娅说，“这篇论文怎么样？”

“要我现在把它念出来吗？”

“不，”索菲娅回答，“不，我觉得不需要。我现在没时间。但你可以把论文留给我的孩子。”

索菲娅的风暴

有一年夏天，具体是哪年从来没人提，只记得那是一个风暴肆虐的夏天。在人们的记忆中，从未有如此巨大的海浪从东面席卷芬兰湾，风力达到九级，而海浪的高度和长度跟刮十级风的时候差不多，甚至有人说是十一级。一切发生在一个周末，收音机预报有轻微的转向风，因此所有船只都以为是好天气就出海去了。若他们能够幸存下来，这得感谢上帝的恩典，因为暴风雨在半小时内降临，并迅速升级至最高风力。之后，政府的直升机在海岸线上飞来飞去，将被困在礁石间或船被水淹没的人们救出，又飞到每一个有生命迹象或有小棚屋的小岛，并在清单上整齐地写下小岛的名字和幸存者的姓名。如果他们从一开始就知道每个人都能安全获救，他们或许就可以全神贯注地欣赏这场风暴了！多年后，住在海岸边的人们只要一碰面就会谈论当时的情况，讨论他们身处何地以及风暴来袭时所做的事情。

那天天气炎热，一层淡黄色的雾笼罩着一切，海面很平缓，几乎无法察觉波涛的涌动。后来，人们都在谈论那黄色的雾和海浪，许多人回忆起小时候在书里读到的台风。海水异常闪亮，水位比平常低得多。

奶奶在篮子里装了果汁和三明治，中午时他们到达了北灰礁岛。索菲娅的爸爸在西边撒了两张网，奶奶帮他划船。北灰礁岛以其深沉的荒凉忧郁而闻名，但他们总是忍不住前往那里。岛上有一个废弃的领航员之家，房子低矮，石头地基由俄罗斯人建造，用铁扣钉固定在岩石上。一侧的屋顶已经坍塌，但中间的小方塔却完好无损。成百上千只燕子在房子周围盘旋，发出尖锐的啸叫声，大门被一把生锈的大锁锁着，钥匙不在门边，台阶上的荨麻长得像一堵墙。

爸爸坐在海边干活。天气非常炎热。涨潮了，水面上明亮的黄光刺痛了他的眼睛。爸爸靠在岩石上睡着了。

“我觉得天空打雷了。”奶奶说，“井里的气味比以前更臭了。”

“里面全是垃圾。”索菲娅说。

她们顺着狭窄的井口往下看，穿过所有的水泥环，看向黑暗的深处。井里的气味不好闻。然后她们看了看领航员的垃圾堆。

“你爸爸在哪里？”

“他在睡觉。”

“这是个好主意。”奶奶说，“如果你要做什么开心的事情，再来叫醒我。”她在刺柏丛中找了一块沙地。

“我们什么时候吃饭？我们什么时候游泳？”索菲娅问，“我们什么时候绕岛散步？我们是去吃饭游泳，还是你们打算除了睡觉什么都不做？”

那天的天气异常炎热，宁静而孤寂。房子像一只身子长长的矮胖动物蜷缩了起来，黑色的燕子在上空盘旋，发出尖锐的叫声，听着像空中划过的刀子。索菲娅绕着海滩转了一圈，发现整个岛上除了岩石、刺柏、鹅卵石、沙子和一丛丛枯草外，别无他物。天空和大海都被黄色的雾气笼罩，黄雾比阳光更刺眼，让人眼睛生疼。巨大的浪头以排山倒海之势向岛上涌动，在海滩化为碎浪。海浪极其猛烈。“亲爱的上帝啊，求您让什么事情发生吧。”索菲娅祈祷，“上帝啊，请怜悯我，我正无聊得要死，阿门。”

也许，变化始于燕子的沉默。微亮的天空突然空荡荡的，再也看不见鸟儿的身影。索菲娅静静等待，空中回荡着她的祈祷。她望向大海，看到地平线变成了一片黑暗。黑暗不断蔓延，大海在期待和不安中泛起涟漪。它越来越近。风带着响亮的叹息声呼啸而来，掠过岛屿，然后恢复了寂静。索菲娅站在沙滩上等待，沙滩上的草像浅色的皮毛紧贴着地面。突然，新的黑暗扫过水面，这次是一场巨大的风暴！她向着风跑去，让风拥抱自己，感受着寒冷和火热的交替，尖叫道:“起风了！起风了！”上帝赐予她一场属于她的风暴，无尽的慈爱将海水推向内陆，越过岸边的石头、青草和苔藓，咆哮着穿过刺柏。索菲娅的脚丫在夏天的大地上使劲跺着，来回奔跑着颂扬上帝！一切变得快速而敏锐，终于发生了一些事情！

索菲娅的爸爸醒来后，想起了他的渔网。小船侧着靠在岸边，桨来回拍打。马达陷在纠缠的草丛里。他解开缆绳，逆着海浪把船往前推，开始划桨。浪花如弧形山峰般绕过背风处，他头顶的天空仍旧是黄色的，明亮而空旷，上帝和他赐予索菲娅的风暴就在那里。整个海岸线上弥漫着混乱和惊奇的气息。

睡梦中的奶奶感觉到碎浪在岩石中翻滚的隆隆声，她坐了起来，倾听着大海的声音。

索菲娅冲过来，仰面躺在奶奶身边的沙滩上，大声喊：“这是我的风暴！我向上帝祈祷暴风雨，现在它来了！”

“好样的，”奶奶说，“但是我们的渔网在外头。”

独自在大风中收网并不容易，几乎是不可能的任务。爸爸将马达调至慢速，迎风开去，开始收网。第一张网一下子就收起来了，但第二张网卡在了底部。他切换到怠速，试图将渔网拉上来。渔网边缘断开了。最后，他放弃轻轻把网绕出来，直接狠狠一拉，结果拉上来的网里面全是海藻和鱼，乱七八糟地缠在一起，然后他把渔网重重地扔到了船底。索菲娅和奶奶目睹小船在铺天盖地的海水中驶向岸边。爸爸跳下船，用力拉住船舷。一个巨浪冲过岬角，猛烈撞击船尾，推了一下，当浪头退去时，小船已经稳稳靠岸了。爸爸动作干净利索，双臂抱着渔网，迎着风走过小岛。她们紧紧跟在他身后，肩并肩，双眼被风吹得生疼，嘴唇尝到了咸味。奶奶迈开大步，用力将拐杖插入地里。这时，井边的垃圾被风吹得转过身，冲向他们。所有沉淀下来等待腐烂，并且在一百年后会变成土的东西被风带起来，卷过海滩，再被刮进狂风暴雨中的大海。老领航员的垃圾、井中的污秽，以及所有夏天淡淡的悲伤——整个小岛都被碎浪和飞溅的白色泡沫冲刷得干干净净！

“你喜欢吗？”索菲娅喊，“这是我的风暴！告诉我玩得很开心！”

“非常有意思。”奶奶说着，眨了眨眼，把咸水从眼睛里眨出来。

爸爸把渔网扔在台阶上，风吹落了台阶上的荨麻，仿佛一层灰色的地毯，然后他独自走到岬角察看海浪。他走得非常匆忙。奶奶坐在石头上开始从网里掏鱼，她流着鼻涕，头发四面飞扬。

“我觉得我有点奇怪，”索菲娅说，“每当暴风雨来临的时候，我总觉得自己像个好女孩。”

“这样吗？”奶奶说，“好吧，也许……”“好女孩，”她心里想着，“不，我不是。你最多能评价我对事物很感兴趣。”她拿出一条鲈鱼，把鱼头砸向岩石。

为了保护家人，爸爸用一块大石头砸开了领航员之家的门锁。

前厅是一条狭窄阴暗的走廊，将小屋分成两个房间。地上堆满了躺了多年的死鸟，它们进入破败的房子后再也找不到出路。整个屋子弥漫着垃圾和咸鱼的气味。从里面听，无处不在的暴风雨声变了，它满含着威胁的意味，而且听上去越来越近。

他们走进了西侧的房间，西侧的屋顶还在。房间很小，只有两张光秃秃的铁架床和一个带罩的石灰炉。地板中央放着一张桌子和两把椅子。墙纸非常精美。爸爸将篮子放在桌子上，大家一起喝了果汁，吃了三明治。然后他开始工作，奶奶坐在地上把鱼从渔网里掏出来。海的咆哮声回荡在小屋的墙壁上，整个屋子随之颤抖，屋子里开始变冷。海浪的泡沫溅向窗户，流到窗台和地板上。爸爸有时会出去看看船的情况。

风暴对小岛外侧的冲击更厉害了，一浪接一浪的白色浪花高得让人眩晕，泡沫像鞭子抽打般在岩石上嗞嗞作响，幕帘似的水浪冲过小岛，飞向西边，这场风暴来自大西洋！爸爸又给小船系了一条缆绳，回来后，他上了领航员的阁楼寻找燃料。炉子很潮，但还是点着了，火苗猛地蹿出来。房间还没暖和，但他们已经不再感到寒冷了。爸爸在炉子前铺了一张鲱鱼网，供想睡觉的人使用，这张鲱鱼网非常陈旧，他手一碰就碎裂了。最后，爸爸点燃烟斗，坐在桌边继续忙碌。

索菲娅走上塔楼。塔楼的房间很小，只有四个窗户，每个方向各一扇。她看到小岛正在缩小，变得微不足道，只剩下一块不起眼的石头和无色的土地。但大海依旧浩瀚无边，白色和黄灰相间，望不到地平线。大陆已消失，其他岛屿也不复存在。这里只剩下这座小岛，它被海水包围，受到风暴的威胁和保护，被人们遗忘——唯独上帝记得，他应允了人类的祈祷。“上帝啊，”索菲娅认真地说，“我没想到自己这么重要。您真是太好了，非常感谢您，阿门。”

天色渐晚，夕阳将一切染成绯红。炉子里火焰熊熊燃烧。西面的窗户映着红光，这让墙纸显得更加漂亮。墙纸上虽然有些水渍和裂痕，但现在可以看到上面的浅蓝色和粉红色的图案，其上精心绘制了藤蔓。奶奶用一个锡罐头煮了鱼，还很幸运地找到了一些盐。一吃完，爸爸出门去检查他的船。

“我今晚不打算睡觉。”索菲娅说，“如果我们在开始下雨时不来这里，而是待在家里，那就太遗憾了！”

“嗯，”奶奶说，“我还是有点担心小平底船。还有我不记得我们是否关了窗户。”

“小平底船。”索菲娅小声说。

“对，还有温室。剑兰还没有用棍子固定。一些锅子还泡在海里。”

“别再说了！”索菲娅叫道。

但奶奶不以为意地继续说：“我还想到了那些在海上的人……还有那些被打翻的船。”

索菲娅瞪着她，尖叫道：“你明知是我的错，还这样说！我祈祷风暴的到来，它的确来了！”她放声大哭，眼前闪过一连串可怕的，又有信服力的画面：损毁的小船、剑兰、窗户和人，还有在海底翻滚的所有锅子、被风扯烂的旗帜和洗碗布！上帝啊，她看到这一切都破碎和毁灭了！

“我想我们应该把小船拉上来了。”奶奶说。

但索菲娅用双臂抱着脑袋，为降临在整个东尼兰地区的灾难而哭泣。

“这不是你的错。”奶奶说，“现在听我说。无论如何，风暴都会来的。”

“但不会那么大！”索菲娅哭着说，“是上帝和我造成的！”

太阳落山了，房间里突然一片漆黑。壁炉里的火焰仍在燃烧。风依旧呼啸。

“上帝和你，”奶奶神奇地重复道，“或许还有十个人向他祈求好天气，他为什么偏偏听你的？肯定有别人祈祷的。”

“但是我先祈祷的。”索菲娅说，“你看，天气并没有变好！”

“上帝，”奶奶说，“上帝有太多的事情要做，他没有时间听……”

爸爸回来了，他给炉子添了点木头，给她们一条难闻的毯子，然后趁天黑之前又出去察看海浪了。

“你自己说过，他会听的。”索菲娅冷冷地说，“你说过，他会听每个人的祈祷。”

奶奶躺在鲱鱼网上说：“是的，当然。但你看，我比你先祈祷。”

“怎么可能是你先？”

“我在你之前祈祷了，就是这样。”

“你什么时候祈祷的？”索菲娅怀疑地问。

“今天早上。”

“那么，”索菲娅厉声喝道，“那你带的食物和衣服也太少了！你难道不相信他会听吗？！”

“我当然信……但也许我觉得不穿衣服会很刺激……”

索菲娅叹了口气。“是的，”她说，“这确实是你的风格。你带药了吗？”

“嗯，我带了。”

“那就好。这样你就可以睡个安稳觉，不用再想你造成的所有麻烦了。我不会告诉任何人的。”

“你真善良。”奶奶说。

第二天凌晨约三点，风力减弱，足够让他们安全回家了。小平底船翻倒在门廊前，船板、桨和排水桶都完好无损。他们确实关紧了窗户。尽管奶奶向上帝祈求时已经晚了，许多东西上帝没时间去拯救，但当风向改变时，上帝还是将锅子又卷上了岸。而且，直升机也如他们所愿来了，将这座小岛和岛上每个人的名字记录在清单上。

危险的一天

在一个炎热的中午，蛾子开始在岛上最高的云杉树上空起舞。蛾子不能与蚊子混淆，它们总是垂直飞舞，而且很有节奏，无数微小的蛾子以完美的精确度起起落落，发出刺耳的声音。

“这是婚礼舞蹈,”奶奶说，努力向上看并保持平衡,“我的外婆说，蛾子起舞的月圆夜，一定要小心。”

“怎么小心？”索菲娅问。

“这是交配的大日子，所有事情都不安全。你必须小心谨慎，不要轻举妄动。不要碰撒盐，不能打碎镜子，如果燕子离开你家，你最好在傍晚前搬走。一切都很麻烦。”

“你外婆怎么会想出这么愚蠢的事情？”索菲娅惊讶地问。

“外婆很迷信。”

“什么是迷信？”

奶奶想了想，回答："迷信就是人们不去解释那些无法解释的事情。例如，在月圆之夜熬制魔法药水，真的能让药水起作用。外婆嫁给了一个不迷信的牧师。每当他生病或忧郁时，外婆就会为他煎特制药，但这个可怜的女人只能偷偷地煎药。当他的病痊愈时，她不得不说这只是因为喝了伊诺泽姆采夫医生的滋补剂。长久以来,她承受了很大的压力。"

索菲娅和奶奶坐在沙滩上进一步讨论这个问题。今天天气很好，海上无风，涌动着长长的海浪。在这样的三伏天里，船只常常会独自离开海岸。各种稀奇古怪的大东西从海上漂来，有的沉下去，有的浮上来，牛奶变酸了，蜻蜓拼命地跳舞。连蜥蜴都不害怕了。当月亮升起时，红蜘蛛会在无人居住的岛屿上交配，那里的岩石如同一块地毯，上面爬满了狂喜的小蜘蛛。

"也许我们应该警告爸爸。"索菲娅说。

"我觉得他不迷信。"奶奶回答说，"再说，迷信已经过时了，你应该相信你爸爸。"

"当然。"索菲娅回答。

随着浪头漂来的是一大片缠在一起的树枝，仿佛一只巨大的动物缓缓从海底靠近。岩石间颤动着氤氲的热空气。

“她从来不害怕？”索菲娅问。

“不，她喜欢吓唬别人。她会在进屋吃早餐时说，月亮落山前会有人死去，因为抽屉里的刀叉摆成了十字。或者她梦见了一群黑鸟。”

“我昨晚梦见一只豚鼠，”索菲娅说，“你能答应我在月亮落山之前小心点，不要弄断骨头吗？”

奶奶答应了。

奇怪的是，牛奶真的变酸了。他们用网捞起的是一条四角床杜父鱼。一只黑蝴蝶飞进小屋，停在镜子上。傍晚的时候，她们发现小刀和铅笔在爸爸的桌子上摆成了十字！索菲娅赶紧把它们分开，但木已成舟，她跑到客房，使劲敲门，奶奶立刻打开了门。

“出事了，”索菲娅小声说，“小刀和铅笔在爸爸的桌子上十字交叉了。不，别说了，因为你说啥也安慰不了我！”

“但你难道不知道，我外婆只是迷信吗？”奶奶说，“她是出于无聊才编这些话，目的只是好在家里有话语权……”

“安静，”索菲娅严肃地说，“什么都别说。不要对我说任何话。”她把门开着，走开了。

傍晚的第一丝凉意来临，飞舞的蛾子不再出现。

青蛙开始出来，交替着唱歌，而蜻蜓可能都死了。天空中，最后几朵红云消失在黄色的云霞里，变成橙色。森林中充斥着各种预兆和警示，它有自己的秘密文字，但这对爸爸又有什么益处？在没有人经过的地方出现了脚印，树枝呈十字交叉，一颗红色的蓝莓出现在绿色的蓝莓丛中。月亮升起后，悬在尖刺丛生的刺柏丛上。此刻，无人的小船从岸边缓缓驶出。神秘的大鱼在水面画着圈圈，红蜘蛛聚集在它们决定会合的地方。地平线的彼端，无情的命运正等待着我们。索菲娅试图寻找草药，她要为爸爸做一味灵丹妙药，但她找到的都是非常普通的植物。她不知道什么才算是草药。草药可能长得非常小，茎叶幼嫩苍白，也许还应该稍微有点发霉，生长在沼泽地里。但怎么才能知道呢？月亮升得更高，开始在既定的轨道上运行。

索菲娅隔着门喊："她煮的是什么草药，你的外婆？！"

"我忘了。"奶奶回答。

索菲娅走了进来。"忘了？"她咬牙切齿地说，"忘了？你怎么能忘了这种事！如果你忘了，我该怎么办？你要我怎么在月亮下山之前救他？"

奶奶把书放到一边，摘下眼镜。

“我已经开始迷信了，”索菲娅说，“我甚至比你外婆还迷信。快做点什么吧！”

接着，奶奶起身开始穿衣服。

“别穿袜子了，”索菲娅不耐烦地说，“也不要穿围腰了，我们赶时间！”

“但是即使我们采了那些草药，”奶奶说，“即使我们把草药煎成汤，他也不会喝的。”

“那倒是，”索菲娅承认，“也许我们可以把药倒进他的耳朵里？”

奶奶穿上靴子，思考着。

突然，索菲娅哭了起来，她看到月亮从海面上升起。人永远无法了解月亮的想法，它会按照自己独特的时间表突然消失。奶奶打开门说：“现在你一句话都不能说。你不能打喷嚏、哭或打嗝，哪怕一次也不行，直到我们收集好需要的东西。然后，我们把它们放在最安全的地方，让它们在远处发挥作用。在这种情况下，这样做是很有效的。”

洁白的月光照亮了小岛，这是一个温暖的夜晚。索菲娅看到外婆正在采摘一根野豌豆，她把找到的两块小石头和一簇干海藻也放进了口袋。她们继续前行。在森林中，奶奶收集了一片树苔、一片蕨类植物和一只死飞蛾。索菲娅默默无言地跟在后面。

每当奶奶把东西放进口袋时，索菲娅的神经就变得放松一些。月亮有些泛红，光线几乎与白天一样明亮。在月光的照耀下，小路一直延伸到海边。她们穿过整个小岛，来到它的另一侧，奶奶不时弯下腰在地上寻找重要的东西。她走在月光小路的中央，身影高大而黑暗。她僵硬的腿靠着拐杖稳步向前，身影越拉越长。月光洒在她的帽子和肩膀上，她凝视着命运和整个岛屿。毋庸置疑，奶奶一定会找到所有必需的东西，以抵御厄运和死亡。所有东西都被装进了她的口袋。索菲娅一直跟在后面，看到奶奶头上顶着月亮，夜晚变得平静安宁。回到小屋后，奶奶说现在可以聊聊天了。

“别说话！”索菲娅小声说，“安静！把东西放在口袋里。”

“好。”奶奶说。她从朽坏的台阶上掰下一小块腐烂的木头，也塞进了口袋，然后就上床睡觉。月亮沉入大海，再也没有担心的理由了。

从那天以后，奶奶把她的香烟和火柴一直放在左侧口袋，大家一直快乐地生活，直到秋天。奶奶的大衣被送去干洗，几乎就在同一时刻，索菲娅的爸爸就把脚给扭了。

在八月

每一年，夏夜总是悄然消逝。一个八月的傍晚，当你走出屋外办事时，突然间一切都变得漆黑，房子周围弥漫着温暖而静谧的黑暗气息。虽然仍旧是夏天，但它已失去生机，停滞不前。同时，又没有东西凋谢，秋天尚未准备好降临。星星尚未出现，只有一片漆黑。接着，煤油罐被从地窖里搬出来，放在门厅，手电筒被挂在门内的挂钩上。

这一切并非突然发生，而是为了顺应季节的变迁逐渐改变着位置。每样东西一天天地向房子靠近。索菲娅的爸爸把帐篷和水泵收了进来。他解开了浮标的锁链，将链条系到软木浮子上。小船被拉上岸，搁在支架上，小平底船倒挂在堆木场后，秋天就这样开始了。几天后，土豆被从地里挖出，水桶滚到了小屋的墙边。水桶和园艺工具逐渐搬到了房子附近，装饰花盆消失了，奶奶的阳伞和其他可爱的临时物品都换了位置。门廊上摆放着灭火器、斧头、镐和雪铲。与此同时，整个小岛的风景也发生了变化。

奶奶一直最喜欢八月带来的巨大变化，也许最主要的原因是它的可预测性——一切都按部就班，每样东西各得其所。是时候让所有的居住痕迹都消失了，必须尽可能地让岛屿恢复到原来的模样。枯竭的花坛用一层层海藻覆盖着。连绵的雨水能把一切冲刷平整。还在盛开的花或红或黄，海藻色彩斑斓。树林中有几株巨大的白玫瑰，花期只有一天，绚烂的模样令人屏息。

也许是下雨的缘故，奶奶的脚又开始疼了，她无法随心所欲地在岛上漫步了。但她每天在天黑之前都会出去走走，清理地面。奶奶把所有与人有关的东西都捡起来。她收集了钉子、碎纸片、布、塑料片、沾上浮油的木块，以及偶尔发现的铁皮盖子。她走到海边，把一切可燃的东西都点火烧掉，她一直觉得这座小岛在变得越来越纯净、陌生和遥远。她想："它正在抛弃我们。很快它将成为一座无人之岛。就快是了。"

夜色渐渐加深。航道上的一串灯塔沿着地平线延展开来，不时有大船迅速驶过航道，发出隆隆声。

海面风平浪静，一动不动。

地面清理干净后，索菲娅的爸爸用铅丹把所有带环螺栓都漆了一遍，并在温暖的无雨日子里让门廊浸透了海豹油。他给工具和铰链涂上了卡蓝巴润滑油，并清扫了烟囱。渔网也被收了进来。他把木柴堆在壁炉墙边，以备明年春天使用，也可能是给遭遇海难的人准备的。他把放柴火的木屋用绳子固定好，因为它离高潮线太近了。

“我们必须把花圃的桩子搬进来，”奶奶说，“它们破坏了景致。”但索菲娅的爸爸让它们留在外面，因为他担心如果移走，下次回来时就不知道下面种的是什么东西了。奶奶总是担心很多事情。“设想一下，”她说，“要是有人上岸呢，总有人会上岸的。他们不可能知道粗盐在地窖里，而且活板门可能会受潮膨胀。所以我们必须把盐拿上来，并贴上标签，这样他们就不会以为那是糖了。我们还要多晾几条裤子，因为人们最讨厌穿着湿漉漉的裤子了。要是他们把渔网挂在花坛上，把那里都踩坏了怎么办？根的情况谁也说不准。”过了一会儿，她又开始担心烟囱，贴了一块牌子：“别关风门，它会锈死的。如果不通风，可能是烟囱里有个鸟窝，通常在春天晚些时候会这样。”

“但那时我们就回到这里了。”索菲娅的爸爸说。

“鸟的事谁也说不准。”奶奶回答说。她提前一周取下窗帘，在南面和东面的窗户上贴上纸片。她在纸上写道：“不要取下窗户上的帘子，否则秋天的鸟儿会直接飞进房子。所有物品请随意使用，但最好补充屋里的木柴，工具在刨床下面，祝你们玩得开心。”

“你为什么这么急？”索菲娅问。奶奶回答说：“知道该做什么的时候，就最好直接去做。”她准备了客用香烟和蜡烛，以免灯坏了，然后把气压计、睡袋和贝壳盒藏在床下。后来，她又把气压计拿了出来。雕像从来没藏起来过。奶奶知道没有人懂雕塑，她认为让他们接触一点文化是件好事。她还同意让他们把地毯留在地板上，这样房间在冬天就不会显得冷清。

两扇窗户的遮挡改变了房间的氛围，使其显得神秘而孤独。

奶奶擦亮了门把手，又把垃圾桶洗得干干净净。第二天，她在堆木场旁洗掉了她所有的衣物。然后，她累了，回到了客房。秋天是个繁忙的季节，客房非常拥挤，它成了放置所有来年春天才会被拿出来或不再被需要的物品的好地方。奶奶喜欢被普通实用的物品包围。在入睡前，她仔细打量着周围的一切：渔网、钉箱、成捆的钢丝和绳索、装泥炭的袋子和其他重要物品。她特别温柔地注意着那些早已拆解的船只上的铭牌，有关暴风雨可能性的最初的调查报告，被射杀的水貂、死海豹和其他动物的数据等等。但让她驻足最久的是一幅美丽的图画：一位隐士在沙漠中的帐篷里，背景是守护他的狮子。奶奶想："我怎么能离开这个房间呢？"

她费了很大力气才进屋，脱掉衣服，打开窗户呼吸着夜风，最后她躺下来舒展双腿。她关上灯，听到索菲娅他们在墙另一侧也准备睡觉。房间里弥漫着焦油和湿羊毛的味道，也许还有一点松节油的气味，海面仍然很平静。奶奶入睡后，想起床下的便盆，想到她是多么讨厌这个象征着无助的东西。她只是出于礼貌才收下它。便盆在暴风雨或下雨天是很好用的，但第二天就得拎到海里去清洗——任何需要藏起来的东西都是负担。

奶奶醒来后躺了很久，思考着是否该出去。她想，黑夜已经笼罩了墙壁，就在外面等着她，她的腿很疼。台阶修得很糟糕，都太高太窄，一直通往堆木场的石头也很滑，然后走出去还得再往回走。点蜡烛也没用，因为这样只会让你失去方向感和距离感，黑暗也会愈加逼近。把腿摆到床边，等找到平衡后再走。走四步到门前，打开门闩再等一会儿，然后摸着扶手下五级台阶。奶奶不怕摔倒，也不怕迷路，她知道黑暗笼罩了一切，也明白当手抓空时没有任何东西可以依靠的感觉。“不管怎样，”她告诉自己，“我对这儿的一切都很清楚，不需要亲眼见到也能走。”她把双腿放到床边晃荡着，等待片刻，然后小心翼翼朝门口走了四步，打开了门闩。夜晚漆黑一片，但不再那么炎热，带着一丝细微而刺骨的寒意。奶奶缓慢地下了台阶，松开了扶手。这并没有像她想象的那么困难。她在堆木场里摸索，她清楚地知道自己在哪里，房子、大海和森林又在哪里。远处航道上传来一艘船驶过的隆隆声，却看不到灯塔的灯光。

奶奶坐在砍柴的树桩上，等待身体找回平衡。她很快就找到了平衡，但仍然坐着没动。那艘沿海货船正驶向东方，前往科特卡，柴油机的声音逐渐消失，夜晚和往常一样宁静，空气中弥漫着秋天的气息。一艘新船靠近，是一艘小船，可能是汽油船。它也许是一艘装有汽车发动机的鲱鱼船，但这么晚出海的情况很少见，它们通常在日落后立即出发。无论如何，它没有进入航道，而是直奔大海。它突突突地缓慢驶过小岛，继续向外，脉搏般的突突声持续着，越来越远，却从未消失。

“真有趣。”奶奶说，“这只是我的心跳声，根本不是什么鲱鱼船。”她思考了很久，犹豫着是回去睡觉还是留在原地，她想还是再待一会儿吧。

明室
Lucida

照亮阅读的人

主　　编　陈希颖
副 主 编　赵　磊
策划编辑　赵　磊
特约编辑　李佳晟
营销编辑　崔晓敏　张晓恒　刘鼎钰
设计总监　山　川
装帧设计　山川制本 workshop
责任印制　耿云龙
内文制作　丝　工

版权咨询、商务合作：contact@lucidabooks.com

上海光之室文化传播有限公司　Shanghai Lucidabooks Co., Ltd.

图书在版编目（CIP）数据

夏日书 / (芬) 托芙·扬松著 ; 沈赟璐译 . -- 北京 : 北京联合出版公司 , 2025. 6. -- ISBN 978-7-5596-8314-4

Ⅰ . I531.84

中国国家版本馆 CIP 数据核字第 202520X5K3 号

FILI FINNISH LITERATURE EXCHANGE

本书由芬兰文学交流中心提供翻译资助

北京市版权局著作权合同登记号 图字：01-2025-1447 号

夏日书

作　　者：［芬］托芙·扬松

译　　者：沈赟璐

出 品 人：赵红仕

策划机构：明　室

策划编辑：赵　磊

特约编辑：李佳晟

责任编辑：李艳芬

装帧设计：山川制本 workshop

北京联合出版公司出版

（北京市西城区德外大街 83 号楼 9 层　100088）

北京联合天畅文化传播公司发行

北京市十月印刷有限公司印刷　新华书店经销

字数 93 千字　787 毫米 ×1092 毫米　1/32　5.875 印张

2025 年 6 月第 1 版　2025 年 6 月第 1 次印刷

ISBN 978-7-5596-8314-4

定价：55.00 元